吸血鬼はお見《み》合《あい》日和《びより》

赤川次郎

集英社文庫

吸血鬼はお見合《み》《あい》日《び》和《より》

CONTENTS

吸血鬼はお見《み》合《あい》日和《びより》

吸血鬼、青空市場《フリーマーケット》を行く

妙　薬

「あれ、なあに?」

と、橋口《はしぐち》みどりが声を上げた。

「みどり、どうしたの? 何かおいしそうなものでも見付けた?」

一緒に歩いていた大月千代子《おおつきちよこ》にそう訊《き》かれて、みどりはムッとしたように、

「私だってね、食べることばっかり考えてるわけじゃないわよ」

「あら、ごめんなさい」

「でも、さっきから気になってるの。この匂《にお》い、何かしら」

と、鼻をヒクヒクと動かしているところが、やはり一番みどりらしい。

「それより、何を見てたの?」

と訊いたのは、神代《かみしろ》エリカ。

ご存知の通り、三人ともN大の大学生。

秋の爽《さわ》やかな休日、三人で出かけて来た都内の公園。——広い公園が今は人で埋まっ

ていた。

今日は休日なので、〈フリーマーケット〉が開かれている。

若者たちが、思い思いの品を持ち寄って、十円だの二十円だのといったタダ同然の値段で売っているのである。

客も大勢やって来ているが、もちろん、

「いいものがあれば買う」

というわけで、ほとんどは面白半分の見物人。

しかし、売る方だって、「捨てるくらいなら」と、持って来た、「小さくて着られない洋服」とか、受け皿の割れてしまったコーヒーカップとか……。

「売れなくてもともと」

という調子なのである。

しかし、中には「拾いもの」もないではない。覗《のぞ》いて歩くだけでも楽しいが、そのついでに色々目にしたものの「品定め」をするのも面白いものだ。

「ほら、あそこ」

と、みどりが指さす。

「――靴下の片方とか、トイレットペーパーの、少しだけ残ったのとか……。変なものばっかり」

「本当だ。何だろうね」

と、エリカもそれを見て首をかしげた。

そこへ、

「懐かしい光景だ」

と、やって来たのは、エリカの父、フォン・クロロック。

元祖吸血鬼の「本場物」である。エリカは、そのクロロックと日本人の母の間に生まれた、いわば吸血鬼と人間のハーフ。

「お父さん、どこへ消えちゃったかと思ったわよ」

「虎《とら》ちゃんがオシッコと言い出したので、トイレを探し回っていた」

「あったの？」

「うん、向こう側で見付けた。耳を澄まして、トイレの水洗の流れる音を聞きつけたのだ」

さすが吸血鬼。――と言いたいところだが、人間の遠く及ばない能力を、トイレ探しに使っているのでは、先祖の吸血鬼が嘆《なげ》くだろう……。

「――何か面白いものはあったかな？」

「あの、靴下片方とか売ってるの、何だろうねって言ってたの」

みんなでそこへ行ってみると、中年のおじさん（といっても三十五、六か）が、一人ポツンと座っている。

「〈立野《たての》ルイの店〉だって」

と、千代子が言った。

「立野ルイって、今、凄《すご》く人気のあるアイドルでしょ？　その子が何でこんな店を出すの？」

と、エリカは言った。

近くに行ってみると、ますますおかしい。

使ってある割りばし、クシャクシャに丸めた紙くず（としか思えない）、ホテルでくれる使い捨て歯ブラシ……。

「〈立野ルイの店〉といっても、立野ルイが出しているのではない」

と、そのおじさんが言った。

ジャンパー姿の、パッとしない男である。

「立野ルイの使ったものを売っているのだ」

「使ったもの？」

エリカは目を丸くして、

「じゃ、この靴下とか歯ブラシとか――」

「間違いなく、彼女が使ったものだ」

本物のわけがない！

「いくらなの、この靴下なんか？」

と、みどりが訊くと、

「十万円」

男の答えに、みんな仰天《ぎょうてん》した。

「どこから持って来たか分からない、汚れた靴下が十万円？　馬鹿にしてるわ！」

と、みどりが呆《あき》れたように言うと、

「信じない人は買わなければいいのだ」

と、売り手のおじさんは言い返した。

「何も、買ってくれと頼んではいない。こっちは売ってやっているのだ」

エリカは苦笑して、

「まあ、それも理屈ね」

と言った。

「ね、お父さん」

「うむ」

クロロックは少し考えている様子だったが、エリカの方へ、

「その何とかいう子のものかどうかはともかく、どの品物からも、同じ人間の匂いがす

るぞ」

「え？」

「行こう、エリカ！」

と、みどりに促《うなが》されて、そこを離れる。

「お父さん……」

「いや、懐かしい光景だ」

と、クロロックは腕組みをして言った。

「懐かしいって、何が？」

「このマーケットだ。昔のヨーロッパでは、必ず町の真ん中に広場があって、そこでこういう市《いち》が立った。誰もが自分で売りたい物を持ち寄ってな。——その光景を思い出す」

懐かしいといっても、本物の吸血鬼であるクロロックにとって、「昔」というのは百年単位での話だ。

「——ね、見て見て！」

と、みどりがエリカをつつく。

「何よ？」

「あの、立野ルイの店、買ってる人がいるよ」

「本当だ」

――あの「店」の前で、黒いコートをはおった男が、財布を出している。

「何を買ってるんだろ？」

面白い、となれば、たちまちエリカたちの足は逆戻り。

その男は、立野ルイが使ったという歯ブラシを受け取って、ポケットへねじ込むと、素早く人ごみの中へ消えてしまった。

「見ろ、ちゃんと信じて買ってくれる人もいる」

と、売っていたおじさんは得意げにエリカたちに言った。

「一体、今の歯ブラシ、いくらで売りつけたの？」

「立野ルイの口の中へ入った歯ブラシだぞ！　十五万だ」

「十五万……」

それだけ払って買って行った男がいる！　エリカもさすがに呆れてしまった。

すると、そこへ背広姿の若い男が現れて、

「これ、いくらだ？」

と訊いた。

「また来たよ」

と、千代子が呆れている。

「——どれ？」

と、売っているおじさんが訊く。

「全部！」

「全部？　本当に？」

「ああ、全部だ。その代わり安くしろよ」

「ああ……。ま、そうだな……。十万、二十万……ザッと七、八十万かな」

「三十万だ」

と、背広の男が札入れを出して言った。

「何だって？　冗談じゃない。これだけ集めるのは大変だったんだ！」

「こっちも冗談じゃないぜ。もし本物だというのなら、個人の家から盗んだものだ。たとえゴミ箱からでもね。警察沙汰にしてほしいか？」

そう言われると、おじさんの方も渋い顔で、

「分かったよ。じゃ、せめて五十——」

「三十万だ」

「OK、OK」

おじさんは肩をすくめ、

「じゃ、店をたたむよ、これで」

「そうしてもらおう。――品物をちゃんと紙袋に入れろ」

「あいよ。――紙袋はサービスするよ」

「当たり前だ。その辺で拾ったもんだろ」

結局三十万で商談（？）は成立。

金を渡して、品物を受け取ると、背広の男は、

「店をたためよ。後で見に来るぞ」

と言って、立ち去る。

「――何だろね、あの人」

と、千代子が見送って言った。

「ついて行ってみよう」

と、クロロックが言った。

「どうして？――お父さん！」

エリカがあわてて父の後を追う。

フリーマーケットの会場を出て、通りを見渡すと、停めてあったベンツに、あの背広の男が足早に乗り込むところだった。

ドアが開いて、中から、

「どうだった？」

と、若い女の声。

「全部買い取ったよ」

「良かった！」

「ともかく、こんなことは――」

ドアが閉まり、ベンツは走り出した。

「――今の、聞いた？」

と、エリカは父に言った。

「うむ、車の中の女の子は――」

「あれ、間違いないよ。立野ルイ、本人だ」

そこへ、みどりたちが追いついて来て、

「どうなったの？」

「見失ったわ」

と、エリカは言って、

「行こう」

と、二人を促した。

そこへ、虎ちゃんを連れた涼子《りょうこ》がやって来て、

「あなた！　私たちを放っといて、どこへ行ってたのよ！」

と、かみつかんばかり。

「おお、すまんすまん」

クロロックはあわてて虎ちゃんを抱き上げると、

「エリカが、何とかいうタレントがいると言うので、関心はなかったのだが、引っ張られて見に来ていたのだ」

また娘のせいにして！　エリカはチラッと父をにらんだ。

しかし、クロロックは知らん顔で、愛《いと》しい妻にキスなどしている。

——恐妻家に効く薬でも売ってない？

エリカは、つい、フリーマーケットの中を見回していたのだった……。

めまい

「あと五分です」

と声がかかると、立野《たての》ルイは、

「もう出番だから。切るね」

と言って、ケータイのボタンを押した。

今は、楽屋で出を待っていても、たいてい若い子たちは、ケータイでしゃべっているかメールのやりとりをしていて、同じ世代、同じ事務所の子でも、あまりおしゃべりすることはない。

今は、ルイ一人だった。

出番は最後。——それは人気の証《あかし》でもあるが、寂しい思いも味わう。

ドアがノックもなしに開く。

「あ、社長さん」

と、ルイは立ち上がった。

ルイの所属している事務所の社長、若原《わかはら》は相手がつい立ってしまう迫力の持ち主だった。

がっしりした体、厚い胸、レスラーか何かみたいだ。

「ルイ。三十万は、ちゃんと返せよ」

と、若原は言った。

「あ……。すみません」

「ちゃんと、中身を荒らされないように、ゴミ箱へ捨てるとき、用心しろと言ってるだろう」

「すみません」

「三十万で買い戻したのは、もしインターネットででも売られたら、お前のスキャンダルになるからだ」

「分かってます」

「分かってるなら、よく気を付けろ！」

お腹《なか》の底に響くような怒鳴り声に、ルイは震え上がる。

「失礼します」

と、ノックの音に続いてドアが開き、ルイのマネージャー、国原《くにはら》が顔を出す。

「ルイちゃん、出番だ。——社長、いらしてたんですか」

「国原、三十万、ルイからちゃんと取り立てろよ」

「はい」

「今夜は麻布《あざぶ》にいる」

若原はそう言って、楽屋から出て行った。

「――さ、行こう。何て顔してるんだ。ニッコリ笑って！」

「大丈夫よ」

ルイは笑顔を作って、国原の目の前を足早に通り抜け、スタジオへ向かった。

「口パクだけど、一番と二番、間違えるなよ」

と、国原がついて来ながら言った。

「分かってる」

「歌と口の動きが合わなくなると、みっともないからな」

「もともと歌は苦手なんだもん」

「シッ！　誰が聞いてるか分からない」

明るいライトが、ルイを待っていた。

「国原さん」

と、ルイは言った。

「三十万円――必ず返すけど、少し待って」

「分かってる。心配するな」

「でも、社長さんが……」

「インタビューを二、三件入れよう。現金で謝礼を払えって言って。それを黙って入れときゃいいさ」

「ありがとう」

ルイは、国原の手を握った。

「ルイさん、お願いします！」

と呼ばれて、ルイはライトの当たっているセットへと小走りに急いだ。

――歌は苦手。

そんなことは言っていられないのだ。

下手《へた》な歌でも、今のデジタル技術は適当に聞けるように直してしまう。

そして、事務所にとっては、一旦《いったん》録音してしまえば、アイドルを拘束されることもないので、CDでの稼ぎは何より効率が良かったのである。

「歌詞、カメラの下に出ますから」

と言われてホッとする。

「ありがとう！」

「でも、出を間違えないでね」

「はい」

口パク——つまり、ＣＤの音を流して、それに合わせて口だけ動かせばいいのだが、歌詞を忘れてしまうと、合わなくなる。

ルイの心配の種は一つ減ったわけだ。

「——じゃ、本番！」

ルイは、カメラに向かって笑顔を作る。

これで、後は歌の出だしさえ気を付ければいい。

始まった！　前奏が流れ、手持ちのカメラが、すぐ近くまで寄って来る。

ルイは体でリズムを取って歌い始めた。


「——立野ルイだ」

ＴＶを見て、エリカが言った。

「あの子か」

クロロックは、ソファでのんびりと新聞など広げていた。

虎《とら》ちゃんは昼間大はしゃぎだったせいか、夕ご飯の後、早くも寝入ってしまったのである。

「——ハハ、もろ、口パク」

と、エリカは言った。

「しかし辛《つら》いものだな。人気者となると、捨てたゴミまで売りに出される」

「ねえ。あの男、誰だったんだろ？」

「買い占めて行ったのは、マネージャーか何かだろう」

「うん、たぶんね。でも、三十万も払うなんて、普通じゃないよね」

「何か裏にわけがあるのかもしれんな」

「でも、大変だよね。こういう子たちも」

と、エリカが言ったときだった。

立野ルイの口が止まった。歌は流れている。

「忘れちゃったのかな？」

だが——それだけではすまなかった。

ルイはマイクを落として、両手で顔を覆《おお》い、よろけたのだ。

「あ……」

と、エリカが口を開くより早く、ルイはその場に倒れてしまった。

もちろん、瞬時にＴＶの画面は、司会役のタレントの方へ切り換わった。

「今のって……」

「めまいがしたようだったな」

「過労だね、きっと」

「うむ……」

クロロックは何やら考え込んでいる。

「どうしたの、お父さん？」

「これは今やっているのか」

「生《なま》だよ。でなきゃ、あんなところ、出さないでしょ」

「そうか。――どこの局だ？」

「どうするの？」

「ちょっと、アイドルに挨拶《あいさつ》しに行こう」

と、クロロックは立ち上がった。

「涼子《りょうこ》には内緒だぞ」

と、小声で付け加えて。


「――どうだ？」

と、国原が楽屋へ入って来る。

「ごめんなさい」

ルイは、長椅子の上に寝ていた。

「病院へ運べば良かったな」

「大丈夫。もう起きられるわ」

「しかし――」

「社長さん、何ですって？」

国原が、廊下で若原からの電話を受けていたことを、ルイは知っていた。

「『お前の健康管理が悪い！』って怒鳴られたよ」

と、国原は笑って、

「大丈夫かい？　この後はキャンセルしてもどうってことない」

「いいえ、行くわ」

と、ゆっくり起き上がって、

「取材は？」

「軽い貧血、って言ってある」

「そう……」

「本当に大丈夫か？」

「うん」

ルイは、少し曖昧《あいまい》に言った。

貧血？　――あれはそんなものじゃなかった。

あんなこと、初めてだ。

一瞬、白昼夢を見るような、ふしぎな感覚だった。

あれは何だったんだろう。——炎。火が燃えていたっけ。

幻覚だったのだろうか。

でも——それにしてははっきり見えた。

炎が上がり、その中で悶《もだ》え苦しむ女の人の姿が。

あれは何だったんだろう？

「車が待ってるよ」

と、国原はルイを促《うなが》した。

車は、人の出入りの少ない駐車場の出入り口につけてあった。

「ハイヤー？」

「うん。何だかね、僕の車、イカレちゃったのさ」

「国原さんみたい」

と言って、ルイは笑った。

「おいおい」

国原は苦笑して、

「さ、乗って。——ＳＴＶへ」

ハイヤーが走り出す。

そのすぐ後に、タクシーが着いて、クロロックとエリカが降りて来た。

受付のガードマンが、

「ちょっと！」

と、呼び止める。

「勝手に入らないで！」

「立野ルイさんにお目にかかりたい。まだおられるかな？」

と、クロロックは訊《き》いた。

「あんたは何だね？　約束でもあるの？」

「いや、特にない」

「じゃ、何も教えられないね。帰ってくれ」

と、にべもない。

「まあ、そう言わずに――」

そこへ、黒塗りのハイヤーが一台やって来ると、運転手が急いで降りて来て、

「遅くなって！　途中、事故で引っかかっちまってね」

と言った。

「立野ルイさんの迎えだけど」

「え？」

ガードマンは目をパチクリさせて、

「今しがた、出てったよ」

「あれ？　変だな」

「だって、ハイヤーが来てたぜ」

「うちの車だった？」

「そこまで見なかったけど……」

クロロックとエリカは顔を見合わせた。

「——次はどこへ行くことになってたんだね？」

「え？　ああここから——」

「だめだよ、言っちゃ！」

と、ガードマンが遮《さえぎ》る。

クロロック、のんびりしてはいられないので、グイとひとにらみ、一瞬の内に催眠術にかかる。

「いや……失礼いたしました……。ルイちゃんは、ＳＴＶへ……」

「分かった。あんたの車で我々を連れてってくれ」

クロロックがハイヤーの運転手へ頼む。

「はあ……」

何だかわけが分からず、それでもあわててハイヤーの運転席に戻っていく。

エリカは父に続いて車へ乗ろうとして、

「――あれ?」

「どうした?　急げ!」

「うん……」

あのガードマンが、クロロックの催眠術が強くかかり過ぎて、

「ルイちゃんはSTV……」

と、一人でくり返していたのだった。

火の壁

「ねえ、国原《くにはら》さん」

と、ハイヤーの中で、ルイが言った。

「どうした？　お腹《なか》が空《す》いたかい？」

「いやね！　それじゃ、私がいつもよっぽどがっついてるみたいじゃないの」

と、ルイが国原をにらむ。

「ごめんごめん」

と、国原が笑って、

「で、何だい？」

「あのね、社長さんのことなんだけど」

「社長がどうかした？」

「最近――何だか少しおかしくない？」

「ま、もともとだと思うけどな」

「真面目《まじめ》な話なのよ」

「うん、分かってるけど……」

「確かに、怖い人だったけど、夜中なんかまで私が仕事してると、『大変だな』って声をかけてくれたわ。時々、やさしいところも見せてくれてた。でも、このところ、怖いばっかりで……」

「そうだなあ。——ま、疲れてるんじゃないか。例の脱退騒ぎとかで」

ルイの後輩の、グループで売り出した女の子たち五人組の内、二人が突然「やめる」と言い出したのだ。

「あの子たち——引き抜かれたの?」

と、ルイが訊《き》くと、国原はちょっと迷っていたが、

「——ま、その内、君の耳にも入るだろう。男を巡って大ゲンカになってね。しかも一人は妊娠してた」

「ええ? だって中学生でしょ。あの子たち!」

「それで、ヒステリーになってて。二人とも脱退ってことになった。これ、秘密だよ」

「分かってるわ。でも——相手の男って?」

「うん……。君も知ってる有名歌手、とだけ言っとくよ」

「ひどい……。男の方が悪いじゃないの、そんなの！」

「しかし、その男はうちの社長とも仲がいい。絶対の力を持ってるしね」

「察しはつくけど……。可哀そうだわ。誘われたらいやとは言えないでしょ」

「まあね」

「私――いやになっちゃう。そんな話、聞いてると」

「まあ、落ちついて。――そんなのは、ほんの一部さ」

ルイも分かっている。芸能界といっても、たいていの人はごく当たり前の暮らしだ。

いくら稼いでいても、収入はプロダクションから出る給料だけ。遊ぶお金もない、というのが正直なところだろう。

でも、ごく一部の「実力者」は、暴君のように好き勝手をしているのだ。

「社長には、今度それとなく言っとくよ。君一人が負担を強《し》いられてるしね」

「『それとなく』じゃなくて、ちゃんと言ってよ」

「おい、僕をクビにする気か？」

国原の情けない顔に、ルイは笑って窓の外を見たが――。

「これ……どこ？」

目を疑った。

車は都心を抜けて、ＳＴＶへ向かっているはずだった。

ところが――窓から見えるのは、深い森の中としか思えない。数え切れないほど立ち並ぶ木立。

「どうなってるんだ?」

国原も仰天《ぎょうてん》して、

「おい! 車を――」

と、運転手へ怒鳴ろうとしたが……。

「いない」

運転席は空だった。

しかし、ハンドルは見えない手で操られているかのように、車を木々の間を抜けて走らせていく。

「こんなことって……」

ルイは怯《おび》えて、

「何とかして!」

「そう言ったって――こんな馬鹿な!」

国原も呆然《ぼうぜん》としている。

車は、夜の森の中をひた走る。

そして、前方に何か赤い光が見えて来たのだ。

「何かあるわ」

と、ルイが言った。

「ともかくこの森を出てほしいよ！」

「――火だわ」

と、ルイは目をみはった。

突然、車は森を出て、広く開けた野原らしい所へ出た。

その中央に、巨大な火が燃えていた。

一体どれだけの木を積んだか分からないほどの薪《たきぎ》の山が、凄《すご》い勢いで燃え盛っている。

「車ごと突っ込んじゃうわ！」

と、ルイが叫んだ。

「停めなきゃ！」

「そう言ったって――」

国原は、前の座席へと何とか移ろうとした。

「だめだ！」

「飛び降りましょう！」

ルイはドアを開けようとした。

「ロックが外れない！」

車は、もう火の巨大な壁に向かって突っ込もうとしていた。

車ごと焼け死んじゃう！

ルイは両手で頭を抱えて伏せた。

そのとき——窓ガラスが割れた。

びっくりして顔を上げると、

「つかまれ！」

と、見知らぬおじさんが、車の屋根から顔を出し、車の中へ手を差しのべていた。

「この手につかまれ！」

ルイは夢中でその手にしがみついた。

ガラスの割れた窓から、凄い力でルイの体はスルリと抜け出た。

「飛ぶぞ！　目をつぶれ！」

という声に、ギュッと目をつぶった。

次の瞬間、ルイの体は宙に浮かび上がっていた。

地面に叩きつけられる！　——と、覚悟したが、意外にフワリと下ろされた。

目を開けると——。

「どうして？」

と、思わず叫んでいた。

ルイがいるのは、東京の都心のビル街だった。

見ると、あの車が、ビルの一階のガラス壁へと突っ込んで行った。ガラスが砕け、車は奥へと突っ込んで行き――そして激しくぶつかる音がした。

「けがはないかね」

と言ったのは、黒いマントをまとったふしぎな人。

「私はフォン・クロロック。危ないところだったな」

「あの――国原さんは？」

と、ルイは思い出して言った。

「一緒に乗ってた人なんです！」

「大丈夫だ」

と肯《うなず》いて見せ、クロロックが指さす。

ルイは、自分と大して年齢の違わない女の子が、国原の体を抱えてやって来るのを見て、目を丸くした。

「この人、気絶しちゃったよ」

「そうか、ま、生きていれば、それで我慢するのだな」

そのとき、車がビルの中で燃え上がった。

真っ赤な炎。――ルイは、わけが分からず、

「あの森は？　火の壁は何だったの？」

と呟《つぶや》いたのだった……。

スケジュール

「ともかく、何があっても休めないんです」

と、アイドルは言って、

「勝手に休んだら、社長さんに殴られちゃう……」

と、今にも泣き出しそうになる。

「分かった分かった。——おい、少し急いでくれんか」

フォン・クロロックがハイヤーの運転手へ声をかける。

「そう言われてても、こう渋滞してちゃね」

ハイヤーは、立野《たての》ルイをＳＴＶへと運ぶところだったが、何があったのか、道路がひどく混んでいて、一向に先へ進まないのだ。

「こっちは気を失ったまま」

と、エリカは、マネージャーの国原《くにはら》を膝の上に抱えていた。

「ケータイも失《な》くしちゃったし……」

と、立野ルイは心細げに、

「ＳＴＶは生放送なんです！　どうしよう……」

「あと何分ある？」

「あと……十分。メークの時間もあるから……」

「ＳＴＶってのはどこなんだ？」

「この先の信号を左へ入ったとこですよ。でも、二、三キロはあるね」

と、運転手が答える。

「やむを得ん」

クロロックが肯《うなず》いて、

「エリカ。ちょっと『人力車』のバイトをやってくるぞ」

「急ぎすぎて、ルイちゃんの頭、どこかへぶつけないでよ」

「心配するな。――どこかでヘルメットを売っとらんか？」

クロロックのジョークに、ルイが青くなった……。

ともかく、ここは仕方ない。覚悟を決めてルイが車を降りると、クロロックの背におぶさった。

「しっかりつかまっとれよ」

「はい」

ギュッとクロロックの首にしがみつき目をつぶる。

「では、ちょっと行ってくる」

と、クロロックはエリカに手を振った。

「後からTV局に行くよ」

と、エリカが答えたときには、もうクロロックはマントを翻《ひるがえ》し、猛然と突っ走って行っていた。

「――あの人、オリンピックの選手か何かかね？」

と、ハイヤーの運転手が目を丸くしている。

クロロックの背で、ルイはじっと息をつめていた。耳もとに凄《すご》い勢いで風が唸《うな》りを立てている。

でもいくらこの「妙なおじさん」の足が速くても、五分じゃ着きっこない。

遅刻して、また社長さんにぶたれるんだわ。

今からその痛みを思って、悲しくなってしまうルイだった。

すると――スピードが落ちて、

「いかん。行き過ぎた」

と、クロロックの呟《つぶや》くのが聞こえた。

え？　――ルイが目を開けると、クロロックはクルリと向きを変えて、数十メートル

戻り、

「ここでいいのだな？」

確かに、そこはＳＴＶの玄関だった。

「――はい」

ルイは夢でも見ているのかと、半ば呆然としてクロロックの背から降りた。

玄関を入ると、番組のＡＤが駆けて来た。

「ルイちゃん！　良かった！」

「番組は？」

「今なら間に合う！　急いで」

ルイは、受付の奥の大きな時計を見て、目を疑った。

たった三分しかたっていない！

しかも、息一つ切らしていないのである。

スタジオへと急ぎながら、チラッと振り向くと、「妙なおじさん」はにこやかに手を振っていた……。

「おい、早くしろよ」

と、そこへ若い男がスーツ姿で現れた。

「あ――。お兄さん」

ルイは足を止めて、

「途中で事故があったの」

「事故？」

「国原さん、後から来るわ」

「分かった。早く仕度しろ」

「うん」

ルイはクロロックの方を見て、

「あの方が助けて下さったの」

と言った。

ルイが、ＡＤにせかされて行ってしまうと、

「――どうも、ルイの兄です」

と、名刺を出す。

「ほう、お兄さん」

〈立野克士《かつし》〉とある。が――仕事が何なのか、書いていない。

「私はフォン・クロロック」

「変わった名ですね。――妹が世話になって」

「いやいや」

「これを……」

と、ポケットから取り出したのは、ルイの写真のテレホンカード。

「レア物ですよ。今でも一万円で売れる。お礼にこれを」

「これはどうも。――うん、なかなかよく撮れておる」

「じゃ、これで」

と、立野克士は、ルイの後を追って行ってしまった。

足音がして、

「いやな奴ね」

と、二十七、八かと思える女性がやって来た。

「君は？」

「私、この局のアナウンサー。といっても、たまにしか出番がないの」

「ほう」

クロロックは、スーツ姿のその女性を見て、

「しかし、君はいい声をしている」

と言った。

「発音も美しい。充分に一流のアナウンサーとして通用しそうだがね」

「ありがとう」

と、ニッコリ笑って、

「私、栗田《くりた》のぞみ」

と、クロロックと握手した。

「一風変わった衣裳ね。吸血鬼の役でもやるの？」

「いや、とんでもない！　そんな重大な役などできないよ。しかし、今の青年は、何をしておるのかな？」

「ルイちゃんのお兄さんってだけで、どこのTV局にも出入りしてるのよ。あれで結構、ルイちゃんのスケジュールに口出しして、局の方も無理を頼んだりするんで、ああしていい気になってるの」

「どの世界にも、そういう人間はいる。自分の力でもないものを、自分の力と勘違いして、やたらいばっているのがな」

「本当ね」

と、栗田のぞみは肯いて、

「でも、現実に、そういう連中が才能のある人間を潰《つぶ》してしまったりしてるのよ」

「君もその一人か」

「私？　私は大して才能があるわけじゃないわ。ただ――あのルイちゃんのお兄さんのお誘いを断ったの。そしたら、数日後に、ニュース番組の中で持ってた、短いコーナーが突然打ち切られたわ」

「なるほど」

「もちろん、そんなの偶然だって言ったわ。でも、私は信じてる」

「まあ、そういう奴の天下は、長くは続かない」

「ありがとう。変な奴で、別れようってときになって、『君の身につけてる物を何かくれ』って言い出すの」

「ほう、君も何かあげたのかね」

「だって、あんまりしつこいんですもの。あいつにもらった、数少ないプレゼントの、ピアスを返してやったの」

「なるほど。——彼の誘いを断ったんじゃなかったのか?」

「あ——それは個人的に別れた後」

ややこしい話だ。

「お父さん!」

エリカが国原と一緒に到着した。

「おお、何とか間に合ったぞ」

「良かった!」

と、国原は胸をなで下ろし、

「それにしても、あんな妙な夢を見るなんて、二人でくたびれてるんだ」

それを聞いて、栗田のぞみが、

「夢？」

「――やあ、栗田さんか」

「ね、夢って、どんな？」

「うん、それがね、二人で命を落とすところだったんだ」

「あの車は夢じゃありませんよ。ビルの中へ突っ込んで、燃えちゃったんですから」

エリカの言葉に、栗田のぞみは青ざめて、

「それ、同じ夢だわ」

と言った。

「君も、そんな夢を見たのか？」

と、クロロックが言った。

「ええ、そっくり。――自分がどこか森の中を歩いてて、気が付くと炎が大きく上がっているんです。その中で女の人が悶《もだ》え苦しんで死んでいくのが見えて……。時には、悲鳴を上げた自分の声にびっくりして、目を覚ますくらい」

と、栗田のぞみは言った。

「でも、それはあくまで夢でしょ？　ルイさんたちは現実に危うく死ぬところだったんですよ」

と、エリカは言って、

「お父さん、これって……」

「うむ」

クロロックは腕組みをして考え込んでいたが、

「どうも、今会った、ルイちゃんの兄という男が気になる。――君の雇い主は、何とも言っとらんのか？」

「若原《わかはら》社長ですか？　いや、克士さんとは特に仲がいいんです」

と、国原が言った。

「本当ね」

と、栗田のぞみが肯いて、

「何だか、見てると、若原さんの方が克士さんに気をつかってるんじゃないかと思うわ。何かあの人に弱味でも握られてるんじゃないかって気がするくらい」

「それは面白い」

クロロックの目がキラリと光った。

「ぜひ、君のとこの社長に会いたい」

「社長ですか。今夜は麻布《あざぶ》だって……」

「麻布？」

「三人ほど、決まった女性がいまして。その日の気分であちこちへ泊まるんですが」

「場所は知ってるか？　会いに行こう」

「そんな！　邪魔なんかしたら、僕はクビです」

と、国原は青くなった。

「私、知ってるわ。例の、元アイドルの子でしょ？」

と、栗田のぞみが言った。

「私がご案内するわ。大丈夫。あなたから聞いたとは言わないから」

「頼むよ」

と、情けない顔で拝《おが》んで見せる。

「君は、ルイちゃんについていなさい。――今夜は大丈夫だと思うが、念のためだ」

「それって……ルイに危ないことでも？」

「なに、大したことじゃない。魔女として火あぶりになるくらいのことだ」

と、クロロックは言った。

墓地

ドアが開くと、まだ若いのだろうが、いやにやつれた感じの女性が顔を出した。

「――あ、栗田《くりた》さん？」

「エミちゃん。お久しぶり」

と、栗田のぞみは微笑んで、

「前に、番組のゲストで出てもらったわね」

「憶えてます。――どうぞ」

ちょっとだらしなくガウンを着込んだエミという娘――二十四、五ということだったが、老《ふ》けて見える。

「ね、今夜ここに若原《わかはら》さんがみえたでしょ？」

そう訊《き》かれて、エミがなぜか真っ青になった。

「やめて！　私のこと、脅《おど》かしてどうするの！」

と、叫ぶように言った。

「どうしたっていうの？　エミちゃん、若原さんの彼女なんでしょ？　大丈夫。誰にも言わないわ」

エミは、ソファにドサッと座り込むと、

「どういう意味？　あの人が死んだこと、知らないの？」

と言った。

「死んだ？　誰が？」

「若原さんよ」

栗田のぞみが呆気《あっけ》に取られて、一緒に来たクロロックとエリカの方を振り向いた。

「――待て」

と、クロロックが進み出て、

「君は、若原が死んだと誰から聞いたんだね？」

「この人、誰？」

エミが怯《おび》えたように身を縮める。

「立野《たての》ルイちゃんの命を助けてくれたクロロックさんよ。ね、エミちゃん。若原さんはちゃんとTV局にも顔を出してるわ。死んでなんかいないわよ」

「そんなはずないわ」

と、エミが言い返した。

「だって――あの人、ここで死んだんだもの。私の見ている前で、死んだのよ」

　クロロックは深刻な表情で、

「教えてくれ。どんな様子で死んだのだ?」

「それは……あの――私とベッドに入ってるとき」

　と、エミは口ごもって、

「お医者さんから止められてたの。私も、やめた方がいいって言ったけど、聞かなくて」

「救急車を呼んだのか」

「いいえ。だって――死んでるのははっきりしてたの。どうしていいか分からなくて、私がぼんやりしてると、そこへ――チャイムが鳴ったの」

　と、エミが言ったとたん、本当にチャイムが鳴った。

　エミが、見えない糸に引かれるように、スッと立ち上がり、玄関の方へ行く。

「待ちなさい!」

　と、クロロックが言ったときには、エミは玄関のドアを開けていた。

「やっと来てくれたのね!　迎えに来てくれると信じてたわ!」

　と、エミが言うと――突然、エミの体は崩れるように玄関に倒れてしまった。

「お父さん――」

エリカが、廊下を駆けて行く足音を聞いた。

「追いかける?」

「いや、待て。――その子を起こしてみろ」

エリカが、うずくまっていたエミを抱き起こしてみると、

「――死んでる!」

「それも今ではない。かなり前に死んでいたのだ」

エミの体は、見る見る溶けて行った。

「――どういうこと?」

栗田のぞみは腰を抜かして、座り込んでしまった。

「ここへ入ったときから、屍臭《ししゅう》がしていた。その若原という男がここで死んだせいかと思ったが、それにしては生々しい。――この娘自身が死んでいたのだ。おそらく当人も気付いていなかったろう」

「じゃ……今のは幽霊?」

「いや、悪霊に利用されていたのだ。我々にしゃべりそうになったので、死体に戻されたのだ」

エミは、もはや白骨と化していた。

クロロックは廊下へ出ると、しゃがみ込んで、

「足跡を見ろ。土が落ちている」

と指さし、顔を近づけた。

「何か匂《にお》う？」

「エリカ、お前もかいでみろ」

エリカは、ちょっと眉をひそめ、

「いやな匂いだね」

「墓地だ」

クロロックは立ち上がった。

「墓地？」

「火葬なら、こんな匂いはしない。しかし、西欧のように土葬にして、棺《ひつぎ》のまま埋めている墓がこの近くにある」

「うん。――外人墓地だ」

「行こう。――あんたはここにいるか？」

クロロックに訊かれて、栗田のぞみは、

「墓地？　いやよ！　そんな所、行きたくないわ！」

と、甲高《かんだか》い声を上げた。

「じゃ、ここで、この死体の番をしててくれるか」

「そんな……。行く！　行きます！」

半分べそをかきながら、栗田のぞみは、ヨロヨロと立ち上がった。

エリカは足を止めた。

「ど、どうかしたの？」

栗田のぞみは、しっかりとエリカの腕にしがみついている。

「掘り返されてる」

と、エリカは言った。

——墓が掘り返されて、棺が破られていた。

「まだ新しいね」

「うむ。古い死体では役に立たんのだ」

クロロックはそう言って、墓地の奥へとさらに入って行く。——夜中の墓地というのは、やはり楽しいものではなかった。

「ど、どういうことなんですか？」

栗田のぞみは、必死で「アナウンサー」として、事の真相を知ろうとしていた。そうすることで、少しでも恐ろしさから逃れられるかもしれないと思ったのである。

「——あのフリーマーケットだ」

「ルイちゃんのものを売ってた？」

「そうだ。あのとき、マネージャーが品物を買い占める前に、歯ブラシを買って行った男がいたろう」

「うん、憶えてる」

「誰か、個人の持ち物を手に入れて、それに魂をこめることができれば、その人物を自在に操れる」

「操るって……」

「生死さえもな」

「じゃ、若原社長は死んだんだね、本当に」

「エミという子を身替わりにして、生き返った。しかし、それだけでは不充分だったのだ」

クロロックは足を止めた。

「まだ死んだばかりの、真新しい死体から、残った『生気』を吸い取ろうとして、墓を暴いたのだ。――もうよせ！」

両手を土まみれにして、墓石のかげから現れた男は、目を血走らせて、クロロックをにらんだ。

「邪魔するな！」

「若原さん！」

と、のぞみが言った。

「俺はまだ死ねんのだ。やり残したことがいくらもある。俺の命は、他人より貴重なんだ！」

「愚かな」

と、クロロックが首を振って、

「人はいつか死ぬ。死ぬ日が来るからこそ、生きることを大切にするのではないか」

「余計な口出しだ！」

「そうではない。お前は、あのエミという子を殺したではないか」

若原はちょっと笑って、

「エミは俺があそこまでにしてやったんだ。代わりに命をもらっても、文句は言わんさ」

「命は命だ。お前の理屈は、この世では通らんぞ」

クロロックはマントを広げた。

「――近寄るな！」

「さあ、もう諦《あきら》めろ。死者のわずかな生気を吸っても、何日ももたんぞ。その内、また生きている人間を殺《あや》めることになる」

「貴様は――何者だ！」

「私か。私は吸血鬼」

クロロックの体が宙を飛んだ。若原の上に広げたマントで包み込むように下りる。

「やめてくれ！」

と、若原が叫ぶのが聞こえた。

「お父さん――」

「見るな」

と、クロロックが言った。

若原の叫び声が、次第にかすれ、小さくなって、消えた。

「――土へ帰してやろう」

クロロックが、掘り返された穴を、土で埋めて行った。

「怖かった！」

と、のぞみが震えている。

「まだ終わっとらんぞ」

「え？」

「君や、ルイちゃんの見た夢のことがあるだろう」

「あ、でも……。あれも今のことと関係が？」

「ルイちゃんの歯ブラシ、君からはピアス。それぞれ、手に入れたものを使って、君らを身替わりにしようとした」

のぞみが目をみはった。

「じゃ——克士《かつし》さん？」

「君らは、ヨーロッパの中世に、魔女として火刑になった女の身替わりにされるところだったのだ」

「ヨーロッパ？　私——身替わりになっても、英語もドイツ語もしゃべれない」

「日本語でわめいてみろ、それこそ、『意味不明の言葉を口走った。これこそ悪魔の仲間の証拠！』とやられるだろう」

と、クロロックは言った。

「お父さん、それより早く——」

「うむ。まだTV局にいるかな。急ごう」

クロロックとエリカは、駆け出した。

「待って！　置いてかないで！」

のぞみは、あわてて二人の後を追って走り出したのだった……。

「もう行こうか」

と、国原《くにはら》が言った。

「待って」

ルイはしばらく椅子から立ち上がれなかった。

「——大丈夫かい？」

「うん……」

ルイは、番組の収録がすんでも、くたびれて立ち上がれないでいるのだった。

「お疲れ」

という声が飛び交っている。

その内、次々にスタッフも引き上げて、スタジオの中は、ルイと国原の二人になってしまった。

照明が落ち始めた。

「こりゃまずい。明かりを消されちまうよ。立てないか？」

「うん、何とか……」

ルイは立ち上がって、息をついた。

「ごめんね。めまいがして……。もう大丈夫よ」

「じゃ、行こう」

と、スタジオの出口の方へ行きかけると、明かりのほとんどが落ちて、国原は、

「おい！　まだいるよ！　――困るな、本当に。足下に気を付けろよ」

やっとドアまで辿りつくと、開けようとして、

「――おい！　鍵かけたな！　――開けろ！」

国原がドアをドンドンと叩く。

「――見て！」

と、ルイが息をのんだ。

スタジオの中が明るくなったと思うと、広いスペースの真ん中に火が上がった。

炎が凄《すご》い勢いで上がり、その中に崩れ落ちる女性の姿が見える。

「また夢だ！　気にするな。夢だよ」

「いいえ、夢じゃないわ。こんなにはっきり見えるのに……。ああ、また一人、焼き殺される」

女の姿が見えた。――いや、まだ少女だ。
十六、七というところか。
裸足《はだし》で、白い布袋をスポッとかぶっただけの格好。手足は鎖でつながれ、手首足首にはめた鉄の輪は、血で汚れていた。

そして、白い衣服も、あちこちが裂けて、覗《のぞ》いた白い肌にも血がにじんでいる。

「ひどい……」

と、ルイが呟《つぶや》いた。

「きっと、ひどい拷問を受けたんだわ」

するとその娘が、ルイを見た。――ルイはハッとした。

「私を見てるわ！」

「ルイ、しっかりしろよ！」

「あの子、私に助けを求めてる。――そうだわ、私が替わってあげれば、あの子は助かるんだわ！」

「だめだよ、ルイ！」

止めようとする国原を突き放し、ルイはその娘の方へと歩み寄った。

「さあ……。私と入れ替わりましょ！」

ルイが手をさしのべる。――そのとき、突然天井のスプリンクラーが作動し、スタジオ内に、一斉に水が霧のように降り注いだ。

「キャー！」

悲鳴が聞こえた。

一瞬の内に、火も娘も消えた。――同時にスタジオの中には非常用の明かりが点《つ》いた。

「――。危ないところだ」

クロロックが、炎の燃え盛っていた所に立っていた。

「クロロックさん……」

「もう少しで、本当にあの女の身替わりに火刑になるところだったぞ」

「あの女の人は……」

「何百年も前に、ヨーロッパで魔女として火刑になった女の霊だ。——兄さんは最近ヨーロッパへ旅したかね？」

「はい。去年の暮れに」

「そのとき、あの霊に取りつかれたのだ。きっと、兄さんが、あんたの写真でも持っていたのだろう。それを見て、この子と入れ替われば、自分も新しい人生を手に入れられる、と思ったのだ」

「じゃ、お兄さんが？」

「フリーマーケットで、歯ブラシだけでなく、前にも何かを手に入れているのだろう。何といっても兄なのだから」

ルイは不安そうに、

「あの——お兄さんは？」

「うむ。取りつかれていただけならいいのだが……。残念だが、おそらく別の人間になってしまっていただろう」

クロロックがドアを開けて、スタジオから出ると、廊下に見憶えのあるスーツをまとった白骨が倒れていた。

ルイが短く声を上げる。

「やっぱりな」

クロロックが肯《うなず》いて、

「もう、ヨーロッパで、兄さんは悪い霊に取り殺されていたのだ」

ルイが、体の力が抜けたように、ペタッとその場に座り込んでしまった。

「――気の毒な話ではあるわね」

TV局を出て、エリカは言った。

「全くな。昔は残酷なことをしたものだ」

二人の前を、荷物をズルズル引きずって、ホームレスの男が力なく歩いていく。

「――現代だって残酷よ。火あぶりにはならないけどね」

「うむ。――恨みの満ちている時代かもしれんな」

そう言って、クロロックはふと夜空を見上げたのだった……。

吸血鬼の一日警察署長

みなさまの警察

〈みなさまの警察〉

〈お気軽にご相談ください〉

——その警察署の玄関は、いつも扉が大きく開かれていた。

冬になると北風が吹き込んで寒い、と正面の受付に座っている杉戸芳江《すぎとよしえ》は苦情を言っていたが、彼女一人の意見では、どうにもならなかった。

「——おはよう」

一課の刑事、香川哲郎《かがわてつろう》が声をかけてくる。

同じ年齢で、気軽にしゃべれる仲だった。

「早いじゃない、今朝は」

「ああ、例の銀行員殺しが片付いたからな。ホッとしたよ」

と、香川は言った。

「お疲れさま」

「今から報告会さ。ゆっくり寝たかったんだけど」

「当分、大きな事件は起きないわよ」

「そう願いたいね」

と、香川は肯《うなず》いて、

「しかし――結構続くものなんだよ、大きい事件って」

「手が足りなかったら、いつでも言って。私が応援に駆けつけてあげる」

「頼りにしてるぜ」

と、香川は笑って、「昼飯でも、どう？」

「今日は相棒が休みなの。トイレにも行けない」

「そのときは言ってくれ。俺が女装してここに座っててやるよ」

「来る人がみんな帰っちゃうわ」

と、杉戸芳江は言ってやった。

――香川が奥へ入って行くのを見送って、

「いいなあ……」

と、思わず呟《つぶや》く芳江。

杉戸芳江は二十八歳。婦人警官である。

「受付なんて、ほんの一時的なものだ」

と、上司に言われて、仕方なくここに座った。

確かに「一時的」がどれくらいの期間か訊《き》かなかったのはまずかったと思う。

でも――二、三カ月して、

「もういい加減に移して下さい」

と言った芳江は、

「いや、君が受付に座っているので、我がN署の評判が非常にいいんだ！　市民からも、『受付の人が感じいい』『うちの嫁に』という声が沢山寄せられている。君のおかげだよ！」

と、うまくあしらわれてしまった。

やられた！　――そう思って、はや二年。

杉戸芳江は毎日、受付に座っていて、三キロも太ってしまった。

私は、受付でニコニコ笑っているために婦人警官になったんじゃない！

悪い奴を追いつめて、格闘の末、逮捕！

組み敷いた相手の手首にカシャッと音をたてて手錠が光る。

芳江が夢みていたのは、そういう仕事だった。ところが――。

「いらっしゃいませ」

おずおずと入って来た老人に、芳江はやさしく微笑みかけて、

「何のご用ですか？」

老人は、芳江に声をかけられて、ビクッとすると、一瞬逃げ出しそうになった。しかし、芳江が、

「どんなことでもいいんですよ。お気軽に相談なさって下さい」

と続けると、こわごわ受付の方へやって来て、

「本当に……ささいなことでもいいのかね？」

と訊いた。

「おっしゃってみて下さい。もし、他のどこかの方が、お話を聞くのに向いているようでしたら、そう申し上げますから」

老人は深いため息をついて、

「実は……困ってるんだ」

「どういうことで？」

「まあ……わしも悪い。それはよく分かってるんだが、それにしたって、何もあそこまでせんでもいいだろうと思うと、腹が立って」

二年間、この受付に座っている間に、芳江の忍耐力は少なくとも並の人間の何十倍もきたえられた。

こういうお年寄りから、「本当は何が起こったのか」聞き出すのは、至難の技なので

ある。

「急がなくていいんですよ。初めから、ゆっくり話して下さい」

と、かんで含めるように言う。

「もう、かれこれ十年前になるかな……」

と、老人は言った。

「まだ女房の生きとるときのことだった。女房は六年前に亡くなってね……」

「そうですか。お寂《さび》しいですね」

「全く……。よくできた女房だった。——生きてる間は、ケンカばっかりしとったもんだよ。しかし、いざ死なれてみるとね——」

この老人が本題に入るまでには、まだ小一時間も必要だろう、と思って、芳江は心の中でひそかにため息をついた……。

実際、老人の話は、本題へ戻ることなく、ひたすら亡妻への思い出を辿り続け、「よくできた女房」が「わがままで勝手な奴」になったり、「浮気していたに違いない」と、三十年も前のことで怒ってみたりしながら、一時間半も続いたのである。

だから、扉を開け放した玄関から、見た目にも爽《さわ》やかな、二十歳《はたち》ぐらいの女の子がスポーツバッグをさげて、テニスでもして来ての帰りか、ラケットを小脇に抱え、短いスカートからスラリとのびた白い足を惜しげなく見せながら入って来たときには、救われたような気持ちになったのである。

「――ちょっとごめんなさいね」

と、芳江は話を続ける老人に手を上げて制しておいて、「何かご用ですか？」

と、その女の子に声をかけた。

「すみません」

と、女の子は明るい声で言った。「一課の香川さんにお会いしたいんですけど」

「香川――哲郎さん？」

他に「香川」はいないが、ついそう訊いてしまっていた。

「はい、そうです」

「ご用件は……」

「友人です。ちょっと個人的なことで」

と、女の子は口ごもった。

「あ、いいんですよ。ちょっと待ってね」

芳江は受付のカウンターの中にある電話を取った。

「――一課ですか。受付です。香川さんにお客様ですが――失礼ですが、お名前は」

「木《き》森《もり》紘子《ひろこ》と申します」

「木森さんという方です。――よろしく」

芳江は電話を切って、

「今、こちらへ参りますので」

「恐れ入ります」

感じのいい、美人である。

香川さんたら、こんな可愛い子と付き合ってたのね！　――芳江は、後で香川を冷やかしてやろうと考えて、ついニヤニヤしてしまった。

そして、目の前に立っている老人に気付いてハッとした。

「失礼しました。お話の方を――」

「あんた、本当は迷惑してるんじゃないかね？」

「は？」

「今、その女の子と話してるとき、とても嬉しそうだったよ。本当はわしの相手なんかしたくないんじゃないのかね？」

その通りだが、口には出せない。

「とんでもない！　今はちょっと――」

「しかし、その子と話してるときは、とっても楽しそうだったよ」

「そんなことはありません。ただ――あの――ここへおいでになったわけを、そろそろ話していただけるとありがたいとは……」

「ほれ見ろ。わしにとっちゃ、死んだ女房のことをきちんと話しとかんと、今度のことも分かっちゃもらえんと思うから、こうして話しとるんだ」

「分かりました！　すみません、お話を遮《さえぎ》って。どうぞ続けて下さい」

「しかし、何もわしはいやな顔をされてまで——」

老人は、すっかりすねてしまっている。

そのとき、香川哲郎がやってくるのが見えた。なぜだか、ひどく難しい顔をしている。

香川を見て、木森紘子はラケットとスポーツバッグを床へ置いた。そして、かがみ込んでスポーツバッグを開けると——中から短く銃身を切りつめた散弾銃を取り出して構えたのである。

芳江は目の前の出来事が信じられなかった。

木森紘子が引金を引く。

凄《すご》い爆発音が空気を震わせ、香川は直前にあわてて床へ身を伏せていたので助かったが、すぐ後ろのロビーに置かれた彫刻が、粉々に砕けた。

「死ね！」

と、木森紘子は別人のような険しい形相《ぎょうそう》になって、散弾銃のグリップをスライドさせて次の一弾を装てんした。

「危ない！　よせ！」

香川が、立ち上がるとソファのかげへと飛び込む。

次の瞬間、第二弾がソファの背をぶち抜いて、中のスプリングやクッションが飛び散った。

唖然としていた芳江が、手もとにある〈非常〉のボタンを押す。——何しろ警察の受付である。何があるか分からないというので、このボタンがあるのだが、押したのは初めてだった。

ベルが高らかに鳴り響き、天井で赤ランプが点滅した。

「——あんた、わしの話を聞いとるのかね？」

一向に何も気付いていない老人が仏頂面《ぶっちょうづら》で言った……。

みなさまの銀行

「いや、どうもお待たせいたしまして」

と、応接室へ入って来た男は、ペコペコ頭を下げて、

「クロック様には、いつもわがM銀行をご利用いただき……」

「君ね」

と、フォン・クロロックは言った。

「私の名は〈時計〉ではない。〈クロック〉でなく、〈クロロック〉だ。その前に〈フォン〉を付けてもらえると、もっとありがたい」

「は、これは失礼を……。〈クロ……ロック様〉？　何だ、メモが違ってる」

と、M銀行の男は顔をしかめて言った。

「これは部下のミスでございまして――。全く、今の若いもんは困ったものですな」

「君の肩書きは？」

と、クロロックが訊《き》く。

「は、私《わたくし》、融資課長でございます。〈課長代理〉とか、〈課長付き〉とかいう肩書きが銀行には大変多いのですが、私のは純粋な〈課長〉でございまして……」

「そして、私の名前を間違えたのは君の部下。そうだね」

「さようで」

「では、それは君の責任だ。部下のミスは上司の責任。そんな当たり前のことを知らんのかね？」

「は、しかし——」

「まずいことは何でも部下のせいにして、上の者が責任を取らん。これが今の日本をおかしくしておるのだ」

「恐れ入ります」

「君の名前は？　まだ名刺をもらっとらんね」

「あの——」

　この課長、クロロックに名刺を渡すつもりはなかった。

〈クロロック商会〉なんて、聞いたこともない中小企業に、いちいち金なんか貸してられるか！

　銀行ってのは、金のある所にだけ貸すものなんだ。本当に金がなくて困ってるちっぽけな会社になんか、貸してたまるか！

やっていけなきゃ潰《つぶ》れりゃいい。そんなこと、銀行の知ったことか。

「名刺を差し上げることもないと思います。話は簡単で——」

と言いかけたとき、上着の内ポケットからストンと名刺入れがテーブルの上に落ちた。

そして、パタッと開くと、中の名刺がスッと一枚滑るように出て来て、向かい合って座っている、クロロックとかいう妙な格好の男の前まで、ヒュッと滑って行ったのである。

俺の目はどうしちまったんだ？

唖然としている前で、クロロックは名刺を取り上げ、

「——ほう、融資課長、西田泰彦《にしだやすひこ》さんというのか」

「そ、そうですが……」

「うむ。さすがベテラン。いい名刺だ」

「恐れ入ります。あの——」

「客の名を間違えた、などというのはささいなことだと思われるかな？　わがトランシルヴァニアの歴史には、相手の国王へ送った手紙の中で、国王の名のスペルが違っていた、というだけで戦争になったことがある」

「は……」

「〈クロロック商会〉に融資をすることによって、M銀行には二つのいいことがある。

一つは利子が入って、儲かる。もう一つは、〈クロロック商会〉の名を見る度に、『お客様の名前を間違えてはいけない』と肝に銘じて同じ失敗をくり返すのを阻止できる」

「はあ……」

「将来、名前を間違えるという単純なミスで大事な客を失う可能性もある。それを、わずかな融資で防ぐことができるのなら、こんなに安上がりなことはない！　違うかね？」

「ま、確かに……」

「おお、君なら分かってくれると思っておった！　君の顔には将来大物になる相が出ておる」

「はあ……」

「ご苦労さん。君がＯＫの印を押してくれれば、この程度の金額なら問題なかろう？」

「ええ、まあ……」

何だかよく分からないまま、西田課長は印を押してしまったのである。


一千万、一億、十億……。

河本《かわもと》は、メモ用紙にゼロをズラッと並べた。

――話を聞いているふりはしていた。

くたびれ切った、その町工場の親父は、三十分以上前から、切々と自分の困っている状況を河本へ訴え続けていた。

「もう、ここで断られれば、私どもは一家で首を吊るしかありません！」

へえ。面白いじゃねえか。吊ってみろよ。

そんな話で、銀行が同情すると思ってんのか？　甘い甘い！

一千万。――たった一千万だぜ。

どこかの高金利のローンを借りて、返済には、かみさんと娘に、そういう店で働いてもらやいいんだ。簡単なことさ。

「どうぞ、お願いします」

と、そのくたびれた親父はカウンターへぶつかりそうな勢いで頭を下げた。

「――お話は分かりましたけどね」

と、河本は言った。

「うちも、ビジネスをやってるんでね。慈善事業じゃないんですよ。その辺を考えてもらわないと」

相手の顔に絶望的な表情が浮かぶ。河本はこの瞬間が好きだった。

「――おい、河本！」

と、課長の西田が不機嫌な声で呼んだ。

「はい」

「ちょっと来い！」

西田が機嫌悪いのはいつものことで、気にしてたらきりがない。

「——何でしょう」

と、立って行くと、

「これだ」

と、メモを投げてよこす。

「——ああ、吸血鬼みたいなマント着た、変なおっさんですね」

と、河本は自分の書いたメモを見て、

「もちろん断られたんでしょう？」

「そのつもりだった。しかし——お前のメモが間違っとったんだ」

と、西田はかみつきそうな声で言った。

「間違った？」

「客の名前が違ってる」

「はあ。——そうでしたか？」

「そこを向こうがせめてくるんだ。うまく言われて、結局、貸すことになってしまった」

河本はびっくりした。西田を言いくるめるなんて！　そんな客がいるのか？

「——よく憶えとけ！」

西田も、しゃべっている間に腹が立って来たようで、

「もし、これがこげついたら、お前が自分の責任で返すんだぞ！」

「課長——。名前を書き間違えただけですよ」

と、河本は口もとにご機嫌を取るような笑みを浮かべて、

「誰だって、こんなミスくらいしますよ。ね？」

河本は、西田に気に入られているという自信があった。どこか二人は似ているところがあったのだろう。

しかし、今日の西田はそれで笑って許してはくれなかった。

「ヘラヘラ笑うのはよせ！」

と、フロア中に聞こえるような大声で怒鳴ったのである。

「俺は、貴様のその笑い方を見てると寒気がするんだ！　分かったか！」

——河本は、突然崖から突き落とされたような気分だった。

「課長……」

「何をボーッと突っ立ってる！　早く仕事をしろ！」

もう何を言ってもむだだ。

河本は、カウンターの方へ戻って行った。
みんなが冷ややかに自分のことを見ている。笑っているのだ。
ざまあみろ。いつも課長におべっか使いやがって！
みっともないわね。青くなって。しなびた葉っぱみたいじゃないの。
そんな悪口が、河本の耳もとで聞こえている。幻か？　しかし、河本も分かっていた。
同じ課の連中は、みんな河本を嫌っている。
そうなのだ。――俺を妬《ねた》んでいる。
しかし……その河本が、西田に怒鳴られた。
それは河本にとって人生最大の屈辱だった……。
汗が背筋を流れ落ちる。
ちっとも暑くない。むしろ、寒気がするほどなのに、どうしてだ？
いつの間にか、元の通り、相談窓口のカウンターに向かっていた。
カウンターの向こうには、放心状態の町工場の親父……。
まだいたのか。――いつまで座ってるつもりなんだ？
河本は、手もとのメモを見下ろした。――一億。
一億か。
この町工場の親父が、

「何とか貸して下さい」

と言っているのは、そんな巨額ではない。たかだか……いくらぐらいだったっけ？

「――あんた、いくら借りたいんだっけ？」

と、河本は訊いた。

相手は少しの間ポカンとしていたが、

「七百万です。それだけあれば当座なんとか――」

「七百万ね」

と、河本はメモ用紙に〈七百万〉と書きつけて、

「名前、何ていうんだっけ？」

「丸山《まるやま》です。丸山貞吉《さだきち》。〈丸山鉄工所〉の社長です」

「社長って、社員なんかいるの」

「今は……二人しかいませんが、一番多いときは十五人も――」

「社員も首吊るのかい」

丸山貞吉、は唇を震わせて、

「そんな言い方はないでしょう……。あんた、それでも人間か！」

「金を出してやってもいいと思ってんだよ」

河本の言葉に、丸山貞吉は頭を突き出して、

「――今、何と?」

「耳、遠いのか。金、出してやってもいいって言ったんだ」

「――本当ですか!　しかし……」

「社員を二人、クビにするか?」

「社員といっても、妻と娘です」

「何だ」

河本は笑って、

「それで一家全部か」

「そうです」

「なあ、丸山さん」

河本は小声で言って、身をのり出した。

「俺はあんたに同情してる。でも、うちの上役は分からず屋の冷血漢でね。貸しちゃいかんと言うんだ」

「はあ。――それで、叱《しか》られてたんですか」

「そう。そうなんだよ。あんたの所を何とか助けてやりたくってね」

「ありがとうございます」

「どうだい?　女房子供を救うためなら、何でもやるか」

「やりますとも」

河本は、メモ用紙の〈七百万〉の文字をボールペンで消して、

「それなら、もっとでかく行こう」

と、〈一億円〉と書き直した。

「——一億？」

「そう。しかも返さなくていい金だ」

「といいますと……」

河本はニヤリと笑って、

「銀行強盗をやらないか？」

と言った……。

隠れんぼ

「百合《ゆり》。——何してたの？」

神代《かみしろ》エリカは、大学の事務室の前を通りかかって、足を止めた。

事務室の中から、同じ授業を取っている丸山《まるやま》百合が出て来たのである。

「あ……。エリカ」

「何してたのよ？　今日テストだって言われてたじゃない」

「うん……」

エリカは、今の授業に百合が来ていないので、心配していたのだ。

このところ、百合はよく休んでいる。

だから、今日のテストを受けないと、単位が取れないことになりかねなかったのである。

「心配かけてごめん」

と、丸山百合は言った。

「そんなこといいけど……」

「でも、もういいんだ」

と、百合はちょっと寂《さび》しそうに笑った。

「もういいって……」

「今、退学届、出して来たの」

エリカは少し黙って百合を見ていたが、

「──お茶しようか」

と言った……。

百合がこの何カ月か、ひどくふさいでいるのには気付いていた。

しかし、エリカも何かと忙しく、それに百合がもともとおとなしい、無口な子なので、それほど深刻には考えていなかったのである。

「──ここ、よくエリカと入ったね」

と、百合はフルーツパーラーの二階席に落ちつくと言った。

「でも、今日で最後だ、きっと」

「百合……」

「お父さん、小さな鉄工所やってるの。〈丸山鉄工所〉って、少し大きめのガレージくらいしかないんだけど」

「百合も会計とか手伝ってるって言ってたよね」

「うん。――あ、私、アイスカフェオレ」

と、百合は頼んで、

「この涼しいのに変かな。でも、ここで一番おいしいんだもん」

「私はホットのカフェオレ」

と、エリカは頼んだ。

「――うちの鉄工所は、S電気の下請けで、何十年もやって来たの。それが、不況で三年前に切られて……。お父さん、必死になって仕事を捜して来て、なんとか頑張ってた。でも……」

と、ため息をついて、

「この間受けた仕事の代金、踏み倒されて。――暴力団の関係してる相手だったのを知らなかったのよ」

「ひどいね」

「うん……。何度も請求したら、うちへヤクザが七、八人やって来たの」

百合は身震いして、

「お父さんの目の前で、お母さんと私の胸に触ったりお尻をなでたりして……。お父さんはもう払わなくていいって言わされちゃった」

「ひどい奴らね！」

「それで返すつもりだった借金も返せなくなって……。お父さん、金策に駆け回ってるけど、もうだめなの」

百合は首を振って、

「私も大学どころじゃない。今の家も出てかなきゃいけないかも」

「大変だったのね。――何も知らなくて、ごめんね」

「エリカのせいじゃないよ」

と、百合は笑って、

「何か――仕事捜して食べてかないと」

と肩をすくめる。

カフェオレが来て、百合は、小さなピッチャーに入ったガムシロップを、全部入れてしまった。

そしてストローで一気に半分近く飲むと、ホッと息をついて、

「――おいしい！」

と言った。

エリカは、そんな百合の様子を見ていたが、

「ちょっと待ってね」

と、席を立った。

店の表に出ると、エリカはケータイを出して、ボタンを押した。

「——もしもし。あ、お父さん？」

「おお、エリカか」

と、クロロックの上機嫌な声。

「今、どこにいるの？」

「M銀行を出たところだ。うまく担当者を言いくるめて、金を出させた」

「ちょっと！　催眠術、使ったんじゃないでしょうね。ルール違反よ」

「そんなことするものか。弁舌さわやかに説得してやったのだ」

「怪しいもんね。——これから会社へ戻るの？」

「ああ。少し散歩でもして、展覧会を見てから戻ろうと思っとる」

「ね、ちょっと時間を取ってくれない？」

「何だ。お前とデートじゃ面白くない」

「何言ってんの。——ちょっと借金の取り立てを手伝ってもらいたいのよ」

と、エリカは言った。

電話を終えて席に戻ると、

「ね、エリカ」

と、百合が言った。

「どうしたの？」

「そこのお客、五、六分前に帰ったみたいなんだけど、あのバッグ……」

座席についたとき、邪魔でバッグを椅子の背もたれと背中の間に置いたのだ。立つとき、目に入らないので忘れやすい。

「——忘れ物だね」

エリカはバッグを手に取って、

「気が付いて戻ってくるかも——」

エリカの耳が、バッグの中のかすかな音を聞き取った。

正統吸血鬼のフォン・クロロックの血をひくエリカ。人間よりずっと聴覚も鋭い。

何か、ガラスと金属の触れ合う音がした。

エリカはバッグの口を開けると、中を探って、布にくるんだものを取り出した。

「——何、それ？」

と、百合が訊《き》く。

「どうも、少し危ないものみたい」

「危ないって？」

エリカはそっと布を開いた。

「——これって?」

「注射器だ」

と、エリカは言った。

「どうやら、覚せい剤でもやってる人らしいわね」

「ど、どうしよう!」

百合が青くなった。

「これ、警察へ届けた方がいいね」

と、エリカはバッグの口を閉め、

「近くに警察があったよね。寄って行こう」

と立ち上がった。


〈みなさまの警察〉

エリカは、百合と二人、開け放した正面の入り口を入って行った。

「いくら〈みなさまの〉って言われても、用もないのに来る場所じゃないよね」

と、エリカは言って、

「——〈受付〉に人がいないね」

「これじゃ、〈みなさまの警察〉じゃないよね」

と、百合は言って、受付のカウンターまで行くと、中を覗《のぞ》き込んだ。

「――エリカ」

「どうしたの？」

「誰かいるよ」

エリカがびっくりして覗き込むと、

「シッ！」

と、床にうずくまっていた男が言った。

「話しかけないでくれ！」

「どうしたんですか？」

と、エリカは訊いた。

「僕はここにはいないんだ。君らも早く隠れろ！」

エリカと百合は顔を見合わせた。

「――どうなってるの？」

と、百合が言った。

「さあ……」

そのとき、廊下を女がやって来た。

「どこに隠れてるの！　出てらっしゃい！」

目を吊り上げて、凄《すご》い剣幕。――手には散弾銃を持っている。

エリカたちを見ると、

「あんたたち、何してんの！」

「あ、あの――私たち、ちょっと拾い物を届けに……。ね、エリカ」

「そう……。まあね」

「いいことだわ」

と、女は真顔で肯《うなず》いて、

「みんな、あなたたちみたいに誠実でなくちゃいけない。そう思うでしょ？」

「思います」

と、エリカは肯いた。

相手は散弾銃を持っている。逆らわない方がいい。

「そうよ。私もね、彼が誠実だって信じてた。だって、彼は刑事なのよ！ 人の模範となるべき刑事が、私をもてあそんで、捨てたのよ！ こんなことって許されると思う？」

エリカは、チラッと受付のカウンターへ目をやった。あれはどうやら……。

「私はね、世の中の、男に泣かされているすべての女性たちを代表して、彼を血祭りにあげてやるの！」

と、女は意気盛んだ。

「香川《かがわ》！　どこに隠れてる！」

と、叫びながら、廊下を奥の方へと行ってしまった。

「――どうなってるの？」

と、百合は呆気《あっけ》に取られている。

「――あなたたち」

と、部屋のドアが開いて、若い女の人が顔を出し、手招きしている。

「こっちへ来て！　早く！」

エリカと百合がせかされながら中へ入ると、

「――けがはない？」

「大丈夫ですけど……」

「私、受付をしてる杉戸芳江《すぎとよしえ》っていうの。あの女――木森紘子《きもりひろこ》っていう女子大生なんだけど、もう一時間もああしてこの警察署の中を歩き回ってるの」

「神代エリカです。これは丸山百合。私たちも女子大生なんですけど……」

杉戸芳江は目を見開いて、

「まさか、銃は持ってないわよね」

「当たり前ですよ。――拾い物なんです」

と、バッグを渡し、中身を説明する。

「分かったわ。——ありがとう」

と、芳江は受け取って、

「今はこんな状態で、受取をあげられないけど、必ず担当部署へ渡すから」

「いいですけど——」

と、エリカが言いかけたとき、どこかで銃声がして、何か派手に壊れる音がした。

「ああ、食堂だわ！　食器がやられてる」

と、芳江が嘆《なげ》いた。

「あの人……受付のカウンターに隠れてる人のことを捜してるんですか？」

「え？」

芳江がびっくりして、

「香川さん、受付に隠れてるの？　ひどい！　私の職場が粉々にされたらどうしてくれるの！」

ずいぶん妙な話だ。

「あの——ここって警察でしょ」

「もちろんそうよ。〈みなさまの警察〉よ」

「それはいいですけど……。あの銃を撃ちまくってる人を、どうして捕まえないんですか？」

「まともじゃないの！　沢山弾丸を持ってて、しかもあの銃五連発。ちょっとでも近付こうものならすぐ発砲してくるし、説得しようにも、とっても聞くような状態じゃないの」

「でも……大勢刑事さん、いるんでしょ？　武器もあるんでしょ？」

「TVドラマみたいに簡単にはいかないのよ」

と、芳江は言った。

「こっちから発砲する前に、充分に説得してみなくちゃならないの。それに、撃つとなれば、下手《へた》すりゃ射殺することになるでしょ」

「それはまあ……」

「今日、署長とか部長とか、上の方の人、誰もいないの。上司の許可も取らないで射殺したら大変！」

「でも……」

また銃声がして、ガラスの砕ける音。

「香川！　どこだ！　出て来い、卑怯者《ひきょうもの》！」

「ああ……。野球大会のトロフィーの飾ってあるガラスケースだわ。――香川さんたら、何て人を遊び相手にしたのかしら！」

と、芳江は嘆いている。

エリカは、しばらく唖然としていたが――。

「そうだ」

と、何やら思い付いた様子。

「百合、その、支払いを踏み倒した会社の名前とか電話、分かるよね」

「うん。電話帳見れば出てるでしょ」

「OK。――一つ、考えがあるの」

エリカはケータイを出すと、クロロックのケータイへかけた。

「――あ、お父さん？　今、どこ？　――じゃ、近くだね。あのね、警察があるでしょ、すぐそばに。――そう。〈みなさまの警察〉って、幕が下がってるところ。今、その中なの」

「何をやらかしたんだ」

と、クロロックが訊く。

「何もやってないよ！　ね、ここへ来て」

「私は交通違反もしとらんぞ」

「いいから！」

「行ってどうするんだ？」

「お父さんに〈一日警察署長〉をやらせてあげようと思ってさ」

と、エリカが言うと、

「それも面白そうだ。——きれいなキャンペーンガールもいるのか？」

と、クロロックが訊いた。

襲撃準備

工場の中に青白い火花が飛んでいた。

「あなた？　――あなた？」

丸山弓子《まるやまゆみこ》は、買い物から帰って来て、大声で呼んだ。

「――お前か」

丸山貞吉《さだきち》は手を休めて、

「どこへ行ってたんだ？」

「買い物よ。――あなた、仕事をしてたの？」

「ああ、ちょっと頼まれてな。どうせ機械も遊んでるし」

と、丸山は言った。

「お金の方はどうなったの？」

と、弓子が訊《き》いた。

「ああ、M銀行さんが何とかしてくれそうだよ」

　弓子が目を見開いて、

「まあ、本当？　信じられないわ！　今まであんなに冷たくしておいて」

「貸してくれなきゃ、一家で首を吊ると言ってやった。そしたら、さすがに考えて、午後もう一度来てくれってことになった」

　弓子は、少しの間、夫の顔を見つめていたが、

「――確かなの？　そこでまた断られるんじゃないの？」

「いや、大丈夫さ。――おい、百合《ゆり》の奴、もう退学届を出したのか？」

「今日、持って行ったはずよ」

「そうか！　もう二、三日待たしときゃ良かったな」

「でも、今何とかのり切っても、仕事のない状態は変わらないのよ。やっぱり百合には可哀そうだけど、大学は辞めさせるしかないわ」

　と、弓子は言った。

「あなただって、そう言ってたじゃないの。あの子も納得してるし」

「うん、分かってるよ……。しかしな、いざとなると可哀そうで」

「そりゃあ、私だって、せっかく入った大学だもの、できることなら、出してやりたいわよ。でも……」

「いや、何だか、運が上向いて来たような気がするんだ。これで何もかもうまく行くよ

うな……」

「そうならいいわね。本当に」

弓子は奥の自宅の方へと入って行って、

「――お昼、お弁当を買って来たわ」

と、振り返って言った。

「うん、これを仕上げてから食べる。すぐすむから」

「分かったわ」

――弓子は茶の間へ上がると、畳の上にペタッと座り込んだ。

不安だった。

何が、どう不安なのかと訊かれても困るのだが――。

どこかおかしい。

夫の様子も、M銀行の話も。

もちろん、うまくいってほしくないわけではない。

しかし、今の銀行が、そんな泣き落としで金を貸してくれるほど甘いとは、弓子には思えないのである。

弓子自身、一体いくつの銀行、何軒の親戚を回って頭を下げ続けたか。――世間の風の冷たさは、骨身にしみた。

夫も、絶望的な気分になっていて、弓子自身、夫が何をやるか心配していたくらいだった。

それが……。

今の夫の様子は、何だか普通でないように弓子には思えたのだ。

二十四年間連れ添った同士の直感というべきものか。

弓子は、工場の方をそっと覗《のぞ》いた。

夫は何やらせっせと旋盤《せんばん》で削っている。

そんなときの夫は、何より楽しそうだ。

電話が鳴った。

弓子が出ると、

「ご主人は？」

「おります。——どちら様で？」

「M銀行の河本《かわもと》といいます」

「お待ち下さい」

弓子が声をかけても、機械の音がうるさくて聞こえない。

そばへ行って肩を叩くと、やっと振り返った。

「——お電話よ。銀行の人から」

「そうか」

丸山は、自分が作っていたものを布で覆うと、急いで部屋へと上がって行った。

弓子は、気になった。——何を作っているのだろう?

弓子はそっと布をめくってみた……。


「——もしもし」

「丸山さんか」

「はい」

「どうだ? ちゃんとやれそうか?」

と、河本は言った。

「やります」

と、丸山は答えた。

「よし。用意は?」

「今、やってますが、あと五分で仕上がります」

「うまくやれよ」

「任せて下さい。この道四十年のベテランです。ちゃんとうまく作ってみせます」

「よし」

河本は少し考えていたようだったが、

「——やっぱり三時にシャッターが下りる。そのときが一番いい。五分前に入って、何か伝票を書いてるふりをしてろ。シャッターが閉まったら、始める。いいな」

「分かりました」

「一億円の金がちょうどその時間、用意されてるはずだ。それだけ奪って逃げろ。ぐずぐずすると、捕まるぞ」

「分かってます」

と、丸山は肯《うなず》いた。

「うまく行きゃ、一人五千万だ。借金も返せるだろ」

「はい」

「じゃ、三時五分前にな」

「必ず参ります」

丸山は受話器を置いた。

迷いはない。——もうふっ切れていた。

保険金のために自殺しようかとまで思い詰めた身だ。今さら怖いものなんかない。

河本がこの話を持ちかけて来たとき、丸山はすぐに乗った。

むろん、捕まればただですまないことは分かっている。しかし、丸山の中に罪の意識はなかった。

必死で働いて、何一つ悪いことなどしなかった。それなのに、コツコツと作り上げて来た工場が潰れる。

こんな馬鹿な話があるものか!

こんなことになるなんて、世の中がどうかしてるんだ。

どうかしてる世の中を生きていくには、まともなことをしてちゃだめだ。

丸山は腹をくくっていた。


〈署長室〉というドアを開けると、木森紘子《きもりひろこ》は中へ入って、

「へえ……。これが署長のいる部屋」

と呟《つぶや》いた。

棚の上に、何でもらったのか、楯だのトロフィーだのが並べてある。

「やれ!」

と、ひと声、銃口をそれへ向けて引金を引く。

トロフィーや楯、表彰状の額が吹っとんだ。

「――いい気分」

と、紘子は息を弾ませた。

「気がすんだかな？」

という声にびっくりして振り向く。

何だか、えらくレトロな――というか、マントなど身につけて、映画の吸血鬼ドラキュラみたいな格好のおじさんが立っている。

「私は、フォン・クロロック。クロックではない」

「クロ……ロック？」

「本日、ここの〈一日署長〉をつとめることになってな。――失礼して入らせてもらう」

紘子は呆気《あっけ》に取られていた。

「――うん、いい椅子だ」

と、クロロックは署長の椅子に身を沈め、

「時に、いつまでそうやって物を壊しているつもりかな？」

「私は――捜してるのよ」

「香川《かがわ》とかいう男か」

「ええ」

「あんたを捨てた男か」

「そうよ。結婚しようって言っといて、その実、ちゃんと本命の彼女はいて、私は、

『その他』の三人の一人でしかなかった。私、親にも友だちにも、『結婚するのよ』って話してしまってたのに……」

「それはひどい。全くひどい」

と、クロロックは肯いた。

「ねえ、そう思うでしょ?」

「思う。そんな奴は殺してもいい」

「話分かるわね、おじさん!」

と、紘子は嬉しくなって叫んだ。

「おじさん、か……。ま、いい。——私はたとえ〈一日署長〉であっても、この一日に限っては、その香川とかいう男も部下である」

クロロックは立ち上がって、

「では、あんたの復讐に立ち合うとしよう」

「でも、どこに隠れてるか、分からないの」

「分かっておる。——ついて来なさい」

クロロックは先に立って署長室を出た。

紘子は半信半疑の面持《おもも》ちでついて行った。

——受付のカウンターまで来ると、

「この向こうに隠れておる」

「まあ！　――出てらっしゃい！」

と、紘子は散弾銃を構えて、

「出て来ないと、カウンターごと穴をあけてやるわよ！」

「――待ってくれ！」

と、甲高《かんだか》い声で、

「出て行くから、待ってくれ！」

香川が、あまりじっとうずくまっていたので、よろけながら受付のカウンターの中から出て来た。

「紘子……。すまない！　俺が悪かった！」

と、両手を合わせる。

「もう遅いわ！」

と、紘子は銃口を向け、

「こうでもしなきゃ、謝らなかったでしょ？　あんたは女の敵よ。他の捨てられた人たちを代表して、復讐してやるわ！」

「お願いだ……。殺さないでくれ」

香川は、その場に腰が砕けたように座り込んでしまった。

クロロックはそれを眺めていたが、

「――さあ、そいつを撃ちなさい」

と言った。

「殺せば胸がスッとするだろう。その代わり、あんたの、これからの一番いい日々を何年も刑務所で過ごすのだ」

紘子は引金に指をかけた。

「それだけの犠牲を払っても、やる値打ちがあると思えば、やればいい」

クロロックは腕を組んで見ているだけだ。

紘子は、しばらくの間、銃口を震えている香川へ向けていたが……。

「――馬鹿みたい」

と、呟くように言って、銃口を下ろした。

「この人に、そんな値打ち、ないわ」

クロロックが肯いて、

「それでいい」

と言った。

「あんたは、それで一つ過去をのり越えたのだ」

「――そうですね」

紘子は、まるでたった今夢からさめたという様子で、クロロックの方へ、

「ありがとうございました」

と頭を下げた。

「——良かった」

エリカと百合が出て来る。

「このビルが壊れない内にやめて良かったですね」

と、エリカが言うと、紘子は笑った。

「あ、電話」

エリカのケータイが鳴って、出ると、

「——はい。今ここにいます。——百合、お母さんから」

「あ、ごめん。私、ケータイもう持ってないんだ」

百合は代わって、

「もしもし、——どうしたの？」

話を聞いて、百合が目を大きく見開いた。

「お父さんが——銀行強盗？」

居合わせた誰もが、一瞬ギョッとして立ちすくんだ……。

誰が強盗?

ここまで来たら……。

「やるしかないんだ」

と、丸山《まるやま》は自分に向かって言い聞かせると、腕時計を見た。

三時五分前。——時間だ。

丸山はM銀行の中へと入って行った。

「いらっしゃいませ」

入り口の所に立っていた、頭の禿げた男が近寄って来て、

「ご用件を承《うけたまわ》りますが」

無理して笑顔を作っているので、気味が悪い。

「いや、いい。分かるから」

と、丸山はつい避けてしまった。

「さようでございますか……」

と、〈案内係〉という腕章をつけた中年男は、急にしょんぼりして肩を落とした。

「いや、そうがっかりしなくても……」

と、思わず丸山が言うと、

「いえ、当然です。こんな、見た目もパッとしない年寄りが、ニヤニヤして見せたところで、気味悪がられるのがオチです」

「別にそういうつもりで……」

「この間なんか、高校生ぐらいの女の子に、『このおじさん、変なことするの！』って言われて、ガードマンを呼んで来られました。もう情けなくて涙が出ました」

「はあ……。でも、好きで案内係をやってるわけじゃないんでしょ？」

「もちろんです。こう見えても、以前は支店長代理までやったことがあります」

「それがどうして――」

「突然、系列のローン会社へ行けと言われ……。私はしかし、どうしてもM銀行の行員でいたかったんです。それで、上司に、『どこの部署でもいいから残して下さい』と言いました。そうしたら――この仕事を」

「それはまあ……」

「でも、与えられた仕事を忠実にこなす。それが勤め人の使命ですから、何とか皆さんのお役に立ちたいと思って、精一杯つとめているんですが……」

丸山は、心からこの銀行員に同情した。

もちろん、自分のように破産するわけではないかもしれない。しかし、上の命令には従わなければならないという辛《つら》さも、また自分の味わう苦労とは別の意味で、身を切られる思いだろう……。

「――どうも失礼しました」

と、その〈案内係〉はハッと我に返った様子で、

「もう三時だ。シャッターを閉める時間です」

丸山も思い出した。自分が何をしにここへ来たのかを。

三時、シャッターが閉まったら、やるのだ。

丸山は、伝票を書くカウンターへ行って、適当な伝票を取り出し、ボールペンを手にして、書いているふりをした。

三時だ。

そのとき、自動扉がガラッと開いて、男が三人、入って来た。

丸山は息をのんだ。

あの、丸山の所への支払いを踏み倒した会社が、脅《おど》しに寄こしたヤクザではないか！

こんな所で……。丸山は、男たちと目が合わないように背中を向けた。

シャッターが下りて行く音。

店内には、五、六人の客が残っていた。

「おい！　支店長を出せや」

と、ヤクザの一人が窓口の女の子へ言った。

「あの……」

と、女の子は青くなって、言葉が出て来ない。

「支店長を呼べと言ってるんだ！」

怒鳴った声に、店内がシーンと静まり返る。

すると——あの〈案内係〉が、ヤクザたちの方へ歩み寄って、

「恐れ入りますが、ご用件を承ります」

「何だ？　てめえみたいな下っ端《ぱ》は引っ込んでろ。こっちは支店長に用があるんだ」

「一応、私がご用件を承りまして——」

「黙って引っ込んでろ！」

ヤクザが〈案内係〉の胸を突いた。

〈案内係〉は引っくり返り、長椅子の足に頭をぶつけて呻《うめ》き声を上げた。

——丸山は、思わず、

「何するんだ！」

と、怒鳴っていた。

「――おい、見たことのある奴だな」

「何だ、あの鉄工所のおやじだぜ」

「そうか。娘の尻の触り心地が抜群だったな」

一人が丸山の方へやってくると、

「余計な口出ししやがると、また娘を可愛がりに行くぜ」

と言った。

「やってみろ」

丸山が上着の下から――拳銃を抜いて、銃口を真っ直ぐヤクザへと向けた。

「おい……。冗談よせよ」

「冗談だと思うのか？　俺はな、あの鉄工所も何も失うんだ。もう何も怖くない。――いい所へ来たな。道連れにして死んでやる」

丸山が一歩前へ出ると、相手があわてて一歩退《さ》がり、足がもつれて尻もちをついた。

「情けない格好だな」

と、丸山は笑って、

「あのときの強がりはどこへ行った？　――さあ、どこを初めに撃とうか。足か。肩か。それとも一発で頭を撃ち抜こうか」

「よせ！　やめてくれ！」

と、ヤクザの方も青くなる。

「許すもんか！　弱い者いじめしやがって！　お前たちなんか死ねばいいんだ！」

と、丸山が叫ぶように言った。

そのとき——店内の照明が一斉に消えた。

シャッターも下りてしまっているので、真っ暗である。

——クロロックとエリカが、店内に入り込んでいた。

「お父さん」

「見えるか？」

「うん、何とかね」

クロロックは闇の中でも目がきく。エリカは人間の母親とのハーフだが、それでも、動くのに不自由しないくらいには見えていた。

「いっちょ、おどかしてやるか」

と、クロロックが指をボキボキと鳴らした。

「——ワッ！　何だ、こいつ！」

クロロックがヤクザの一人をヒョイと持ち上げた。

エリカは残る二人の足を払って転ばせると、二人の頭をボカボカ殴った。

「いてえ！　何しやがる！」

と、わめく二人をえり首つかんで立たせておいて、「お見合い」状態でぶつけた。

「いてっ！　この野郎！」

「何だってんだ！」

ヤクザ同士でつかみ合いを始める。

「――お父さん」

「もういいかな」

「百合《ゆり》、つけて！」

と、エリカが声をかけると、店内の明かりがついた。

誰もが、まるで夢からさめたという顔で店の中を見回している。

中でもキョトンとしているのは、床で取っ組み合っていたヤクザ二人。

もう一人は、というと――。

「助けてくれ！」

天井の方で声がした。

残る一人のヤクザは、高い天井から、吊りものの鎖に足首を結わえつけられ、逆さにぶら下がっていたのである。

「おい、下ろしてくれ！」

と、真っ青になって、

「俺は高い所は苦手なんだ！」

「しばらく放っとけ」

と、クロロックは言った。

「この二人は？」

エリカが見ると、二人のヤクザはコソコソと通用口の方へと消えるところだった。

「友情に厚いことだな」

と、クロロックが笑う。

「――お父さん！」

百合が駆けて来た。

「百合……。どうしてお前――」

「お母さんが知らせて来たんだよ、お父さんが銀行に行って――」

「まあ待ちなさい」

と、クロロックが遮《さえぎ》って、

「君のお父さんは、銀行のシャッターが閉まるとき、いやな音をたてるんで、修理してやろうとしてここへみえたんだ」

「え？　でも――」

「でなきゃ、どうしてそんな物を持ってるね？」

丸山は自分が手にしている物を見て、仰天《ぎょうてん》した。

——鉄製のスパナを握りしめていたのである。

「俺は確かに——」

「どうせ、本物に似せて作ったモデルガンじゃないかね」

「それはそうですが……。でも、いつの間にスパナになっちまったんだろう?」

「世の中には、ふしぎなことがあるものさ」

と、クロロックは言った。

そこへ、コソコソ出ていった二人のヤクザが転がるように入って来た。

「銃器不法所持で逮捕する!」

と、二人を手錠でつないだのは——あの〈受付〉の杉戸芳江《すぎとよしえ》だった。

「やった!」

と、飛び上がって喜んでいる。

「一度やってみたかった!」

「——どうしたんですか?」

と、エリカが訊《き》く。

「この二人がちょうど逃げてくるのに出くわして、ぶつかったの。そしたら、上着の下から拳銃が飛び出して」

芳江が持っている拳銃を見て、丸山が、

「あ、それは――」

と言いかけた。

「まあ、放っとけ」

と、クロロックは丸山の肩を叩いて、

「それより、この連中が支店長に何の用だったのか聞いてみよう」

「早く下ろしてくれ！」

と、わめいているヤクザへ、

「おい、支店長に何の用だったんだ？」

と、クロロックは訊いた。

「知るか！」

「自分が訪ねていて、『知るか』はあるまい」

ギリギリ……。

そのヤクザのぶら下がっている鎖が音をたてた。

「そう重い物をぶら下げるようにできとらんからな。じきに切れるだろう」

「切れたら落ちるね」

と、エリカは当然のことを言った。

「大分高いからな。首の骨を折って即死だろう」

「早く下ろしてくれ！　しゃべるから！」

「暴れると、鎖が切れるぞ。先に話してからだ」

「俺たちは――こづかいをもらいに来たんだ！」

「銀行から？　そりゃどういうわけだ？」

「土地開発に必要な土地で、どうしても立ちのかない奴らを、おどして出て行かせたんだ！　ここの支店長に頼まれてやったんだ」

「けしからん話だ」

と、クロロックは眉をひそめて、

「支店長は？」

「今、出かけておりますが……」

と〈案内係〉が言った。

「そうか。大方本当のことなのだろうな」

「はい。私もその話は耳にしておりました。お恥ずかしい話ではありますが、私どものような下っ端の口を出すことでもなく……」

「でも――」

と、百合が思わず言った。

「それなら誰が口を出すんですか？　下っ端だからって逃げてるんじゃありませんか！」

「百合――」

と、丸山が百合の肩に手をかけた。

「お父さんは、経営が苦しくて、長い間働いててもらってた人にまで、手をついて辞めてもらったんです。どっちも泣いていました。――コツコツ真面目《まじめ》に働いてもちっとも報われない世の中なんて、変じゃありませんか！」

百合の目から大粒の涙が溢《あふ》れた。

「それなのに、こんな奴らにお金を払ってたなんて……。お父さんの所だけじゃなくて、お金を借りたい所はいくつもあるのに、そういう所は断っといて……」

「分かった。もういい」

と、丸山は娘の頭をなでた。

「よく言ってくれた。胸がスッとしたよ」

「お父さん……」

エリカが、百合のそばへ行くと、

「死んじゃだめだよ」

と言った。

「エリカ……。知ってたの?」

「アイスカフェオレにガムシロップ沢山入れるの見てね。——ね、世の中、理屈に合わないことばっかりだけど、だからって絶望することないよ」

「うん」

と、百合はコックリと肯《うなず》いた。

そのとき——メリメリと音がして、

「キャーッ！」

と悲鳴を上げ、天井からぶら下がっていたヤクザが落ちて来た。

「おっと」

と、クロロックが受け止めると、床へ落とした。

「いてて！」

「直接落ちるよりはよかろう」

と、クロロックは言った。

そのとき、

「大変だ！」

と、行員の一人が大声を上げて、駆けて来た。

「どうした？」

「あの──一億円のスーツケースがなくなったんだ！」

「あ！」

と、丸山がハッとして、

「じゃ、本当にやっちまったんだ」

「何のことだね？」

「持ちかけられたんです。ここの河本《かわもと》って人から」

と、丸山は言った。

「どうしよう……」

「河本なら、ついさっき、帰って行ったよ」

と、行員の一人が言った。

「上司に怒られて、ショックだったらしいから、そのせいでしょ」

クロロックは肯いて、

「あんたが気にすることはない」

と、丸山の肩を叩いて、

「あんたのしたことは、何一つ銀行の損にはなっとらん」

そしてクロロックは、杉戸芳江の方へ、

「どうだね？　もう一度手錠をかけに行くか？」

「はい！」

と、芳江が大喜びで答えた。

「では、追いかけよう。――エリカ、お前も来い」

「うん。――でも、一億円取り戻したら、丸山さんにちゃんとお金を貸してあげてほしいわね」

「さっきのヤクザの話もある。ちゃんと頼みは聞いてくれるさ」

と、クロロックは言った。

「では行こう。あんたは私の背中におぶさって行きなさい」

「は？」

「一緒に走っても無理だ」

「はい……」

クロロックは、芳江をおんぶすると、

「シャッターを開けてくれ」

「はい」

〈案内係〉が駆けていく。

大丈夫かね……。

エリカは、こんなクロロックの格好が、新聞なんかに出たら、妻の涼子《りょうこ》がどう思うか、心配だった。

シャッターがゆっくりと上がる。

「行くぞ！」

クロロックが芳江を背に駆け出して行く。

「——知らないよ」

エリカはそう呟くと、父の後を追って、銀行から飛び出して行った。

で——その結果？

一億円は無事に戻り、芳江は、正真正銘の「犯人」の手首に手錠をかけ、丸山鉄工所は、M銀行の融資を受けて立ち直った。

そして、百合も大学をやめずにすんだ。

めでたし、めでたし。

ただ——誰か、銀行の中にあのときいた物好きが、芳江をおぶったクロロックの姿を写真にとっていて、それが週刊誌に売れた。

別に有名人ではないので、大した値段ではなかったが。

その結果、クロロックはある日、顔のあちこちに引っかき傷をこしらえて、バンソウコウを貼って出社するはめになったのだった……。

吸血鬼はお見《み》合《あい》日和《びより》

裏切り

「今晩は」

「今夜は遅いのね。お仕事が忙しいの？」

「そうでもないが、明日、休暇を取るんでね。片付けとかなきゃいけない仕事が色々あったんだ。君、ずっと起きててくれたの？」

「そんなの平気よ。夜ふかしが私の特技。明日はお休み取ってお出かけ？　あ、さてはお見合《みあい》かな？」

「よく分かるね。そうなんだ」

「そう、って。——お見合？　本当に？」

「うん。だって、僕はもう二十七だぜ。見合の一つぐらいしてもいいじゃないか」

「年齢《とし》の問題じゃないわ。だって、あなた、そんな話があるなんて、ひと言だって言わなかったじゃないの」

「急な話さ。取引先の社長のお嬢さんでね。まだ大学生とかいうから」

「それだって、お見合でしょ？　気に入れば結婚するかもしれないんでしょ？」

「まあ、そりゃお見合だからね。でも、向こうは若いし、すぐにって話にはならないと思うよ」

「ひどいわ」

「どうしたんだ？　今夜は何だかおかしいよ、君」

「おかしいのはあなたでしょ！　私とこんなに長く、深く付き合って来たのに、黙ってお見合？　私のことはどうなるの？」

「待ってくれよ。君、本当に怒ってるのか？　それともふざけてるだけなのかい？」

「ふざけて、こんな惨《みじ》めなこと言える？　私の気持ちを、ただもてあそんだだけなのね。そうだったのね」

「ねえ、今日はもうよそう。一日、間を置こうよ。君も落ちつくだろうし」

「私は落ちついてるわ。あなたが裏切ったってことも、ちゃんと理解してる」

「裏切るなんて……。いいかい、君とはいい友だちだった。これからもそうでいたい。でも、男と女として、何かあったわけじゃないじゃないか。確かに突然見合の話をして、びっくりさせたかもしれないが、お互い、そういうことには干渉《かんしょう》しないで来ただろう」

「あなたは女の心を分かってないのよ。これまでの彼女とのいざこざを、いちいち私に報告して喜んでる。私が本当に面白がってると思ってたの？」

「僕は君がそんな気持ちでいたなんて、考えたこともなかった」

「今さら気付いても手遅れね」

「みすず君。お願いだから冷静になってくれないか。僕が少し無神経すぎたのかもしれない」

「もう遅いわ」

「それって、これきりってことか」

「こうしてあなたと話すのはね。でも、あなたと別れるわけじゃないわ。私、あなたに後悔させてやる。私を裏切ったことを、後悔させてやるわ」

「お互い、大人じゃないか。大人同士として付き合って来たんじゃないか。今さらそんなこと、言わないでほしいね」

「大人だから、簡単に忘れられないんじゃないの。いいわ。もういい。でも、あなたは永久に私のことを忘れられなくなるでしょうね」

「何だっていうんだ？　何をしようっていうんだい？」

「さあね。お見合の席で何か起こるかもしれないわよ。お楽しみに」

「馬鹿なことを言わないでくれ。どこで見合するかも知らないくせに。——別れるのなら、気持ちよく別れようよ。お願いだ」

「私たちに別れはないわ。国《くに》井《い》智春《ともはる》さん」

「君、どうして僕の名前を知ってる？」

「さあ、どうしてでしょう？　もっともっと、色んなことを知ってるかもしれないわよ。それじゃ、この次は、本当に顔を合わせて話をしましょう……」

「みすず君。それはルール違反だ。そうだろう？　分かってるか？　みすず君、考え直してくれ。みすず君」

いやいやながら

「あなた！　早く仕度して！」

と、涼子《りようこ》の声が飛んで来る。

「仕度と言ってもな……」

フォン・クロロックは当惑げに、

「これ以上、仕度のしようがない」

「新しいマントにしたら？」

神代《かみしろ》エリカは、父の姿を眺めて言った。

「クリーニングに出してしまったのだ。虎《とら》ちゃんがミルクをこぼしてしまったのでな」

吸血鬼のマントをクリーニングに出している、という場面は、吸血鬼映画でもあまり見たことがない。

フォン・クロロックは、ヨーロッパ東部のトランシルヴァニア出身の「本家吸血鬼」。日本人の妻との子がエリカである。

ただし、今の妻、涼子は後妻で、クロロックは頭が上がらない。

可愛い一人息子の「虎ちゃん」こと虎ノ介《とらのすけ》もいるのでは仕方ないだろう。

「――エリカさん、もういいの？」

と、涼子がスーツ姿で出て来る。

「ずっと前からね」

エリカは、一時間前に美容院から戻って来たところだ。――振袖《ふりそで》姿。

慣れていないので苦しい！

「早く行って、パッとすましちゃおうよ」

と、エリカは言った。

「長くこんな格好してたら死ぬよ！」

「大げさねえ。お見合を、『パッとすませる』ってわけにはいかないわ」

と、涼子は言って、

「みどりさん、虎ちゃんのこと、よろしくね！」

「任しといて」

エリカの親友、同じN大学に通う橋口《はしぐち》みどりである。今日は一日、虎ちゃんの「ベビーシッター」をやることになっていたのだ。

「エリカ、結構さまになってるよ」

「よしてよ」

と、エリカは仏頂面《ぶっちょうづら》で、

「好きでお見合するんじゃないわ」

「あら、会ってみれば、意外にすてきな人かもしれないわよ。あなた、もう出ましょ。遅れたら失礼だわ」

「うむ。そうするか」

クロロックはマントのしわを必死でのばしているところだった。

エリカ、クロロック、涼子の三人は、マンションを出て待たせてあったタクシーに乗り込んだ。

「——Kホテルへ」

と、クロロックが言った。

運転手が、エリカをチラッと見て、

「振袖、いいですねえ！　お見合ですか？」

「ええ、まあ……」

エリカは、帯が苦しくて、返事するのも面倒くさかったのである。

——道が意外に空《す》いていて、Kホテルに着いたのは約束の時間の二十分前。

「私、ちょっと髪を直してくるわ」

ロビーに入ると、涼子は化粧室へ行ってしまった。

「自分がお見合するわけでもないのに、一番舞い上がってる」

と、エリカは言った。

「まあ、夫婦で何かの席に出ることはあまりないからな」

と、クロロックは言った。

「私のひげはちゃんとしとるか？」

「大丈夫よ。――涼子さん、喜んでるのよ」

「何のことだ？」

「私が邪魔なんだもの。早く家から追い出したいんだわ」

「おい、エリカ――」

「ごめんなさい。別に嫌味で言ってるんじゃないの。でも、本当よ。涼子さん、お父さんと虎ちゃんと、三人だけで暮らしたいのよ」

エリカも、あまりしつこくは言わないことにしていた。父を困らせてもしようがない。

そもそも、エリカが大学生の身でお見合することになったのは、クロロックの会社〈クロロック商会〉（といっても、オーナーではない。雇われ社長である）に、大学の帰りに立ち寄ったときのこと。

「――私の娘で」

と、クロロックは、たまたま来合わせていた取引先の女社長にエリカを紹介した。

「まあ、すてきなお嬢さん」

五十代半ばのその女性社長は、エリカをしばらく眺めてから、

「恋人はいらっしゃる?」

と訊《き》いたのである。

エリカは面食らって、

「恋人……ですか。特にいませんけど」

「いや、何せ我が娘とは思えんほど、もてない奴でしてな」

エリカはクロロックをジロリとにらんでやった。

自分の娘のことを、わざわざ「もてない」って宣伝することないじゃないの!

「ま、いい人がいたら、ぜひ紹介してやって下さい」

クロロックは、変に「社長業」が身について しまって、言わなくてもいいお愛想を言ったりするようになっていた。

すると、それを聞いた女社長、

「そういうことなら、ぜひ、うちの息子と会ってみて下さらない?」

と言い出したのである。

まさか本気で受け取っていると思わなかったクロロックも、さすがに焦《あせ》って、

「これはまだほんの子供で。何もできませんし、色気もありませんし」

余計なことを言って、エリカに足を踏まれたクロロックだった……。

「──全く、お父さんがつまんないこと言うから。こんな窮屈《きゅうくつ》ななりで、苦しい思いしてなきゃいけない」

ホテルのロビーで、エリカは振袖の長い袖を振り回しながら言った。

「仕方ないだろう。言っちまったもの、今さら取り消せん」

「知らないわよ、どんなことになっても」

「そうおどかすな。一応見合すりゃいいんだ。断るのは自由さ。向こうが断ってくるかもしれんしな」

「ちょっと！　それ、どういう意味よ」

振袖でなきゃ、けとばしているところだ。

すると、ボーイがロビーを回りながら、

「お客様で国井《くにい》様、国井智春《ともはる》様。いらっしゃいますか。──国井様」

と、呼びかけている。

エリカはふと思い付いて、

「ね、国井智春って……。お見合の相手じゃない？」

「うん？　──国井か。そうだな」

まだ来ていないのだろう、ボーイが呼んで回っても、答える客はなかった。

エリカは、ボーイがそばへ来たとき、

「あの——」

と、声をかけた。

「国井さんはみえてないようですけど、私、これから国井さんとお会いすることになってます」

「さようでございますか。お電話が入っていまして」

「じゃあ——用件を伺《うかが》っておいて下さい。私、伝えます」

「恐れ入ります」

ボーイはフロントの方へ戻って行った。

そして、少しすると、足早にエリカの方へやって来た。

「——お客様、申しわけありませんが」

「は?」

「お電話の方が、ぜひお話ししたいと申されていまして」

「私と?」

「はい。お手数ですが」

「分かりました」

エリカはボーイについて行き、フロントのカウンターの電話に出た。

「――もしもし」

と言うと、少し間があって、

「これからお見合ね？」

と、女の声。

「どなたですか？」

「今日、国井智春さんとお見合するの、あなたでしょ？」

「そうですけど……」

「彼に伝えて。裏切ったことを必ず後悔させてやるって」

「何ですって？」

「そう言えば分かるわ」

「そんな……。失礼じゃないですか。赤の他人にそんなこと……」

「彼のお見合相手となれば、あなたも他人じゃないわ」

「あなた――国井智春さんと……」

「〈みすず〉と言って。それで彼には分かるから」

「私、まだお会いしたこともないんですよ」

「もう遅いわ。でもね、あなたも結婚早々未亡人になりたくないでしょ」

どうみても本気だ。

「少し頭を冷やして下さい」

と、エリカは言った。

「くれぐれも用心しなさいと言って」

と、女は笑って、電話を切ってしまった。

「――何よ、これ」

今の声には、「悪意」があった。

エリカはクロロックの所へ戻ると、

「妙な雲行きよ」

と言った。

「何だ？　あんなに晴れとるぞ」

「お天気のこと、言ってんじゃないわ」

エリカの話を聞くと、クロロックはため息をついて、

「何と……。女に恨《うら》みを買っとるのだな」

「本気よ。あの言い方。国井智春さんって、命を狙われることになるかも」

「お前がそう言うなら、ただの脅《おど》しではなさそうだな」

クロロックもエリカも、「悪」の持つ匂いに敏感だ。

「巻きぞえはいやだわ。私、お腹《なか》痛い、って言って帰ろうかしら」

そこへ、

「まあ、クロロックさん！」

と、ロビー中に響き渡る声を上げて、かの女社長がやって来たのである。

見えない敵

困ったな……。

エリカは、ランチを食べながら、ひそかにため息をついた。

エリカが「困っている」のは、振袖《ふりそで》でランチを食べるのに苦労するからではなかった。

問題の「お見合」は、まあパターン通りに進行していた。

国井智春《くにいともはる》はあまりしゃべらず——というより、「しゃべれず」と言った方が正しいかもしれない。

何しろ、かの女社長、国井光香《みつか》が人一倍大きな声で、人三倍くらいしゃべりまくれば、
エリカ側も負けじと（？）涼子《りようこ》がそれに対抗する、という具合。

結局、エリカが国井智春と口をきいたとき、ランチコースは既《すで》にデザートへ入ろうとしていた。

「甘いものはお好きですか」

と、智春が訊《き》き、エリカが、

「好きです」

と答えて、二人の会話は始まった。

――エリカが困っていたのは、肝心のお見合相手、国井智春が、「いい人」だったからである。

二十七歳の智春は、母親の会社〈国井オフィス〉へ勤めている、ということだった。

「色々大変でしたよ」

と、国井光香が肯《うなず》きながら言った。

「夫に先立たれ、女一人、この子を抱えて一時は途方にくれましたけど、『こんなことじゃいけない！　この子に貧しい思いをさせてなるものか！』と心に誓いました。

「まあ、それじゃ、お一人の力で今の会社を……」

涼子が感心して、

「すばらしいことですわ」

「今は従業員三百名、日本全国に二十の支社を持つまでになりました」

「お母さん」

と、智春が言った。

「うちの社のＰＲしても、退屈なさるだけだよ」

「どうして？　エリカさんがうちの嫁になれば、当然行く行くは社長夫人」

「まだ口もきいてないんだよ」

「見れば分かるわ。エリカさんはあなたにぴったり」

エリカは少し焦《あせ》った。

「私、とても社長夫人など……」

「エリカさん、すっかり仕込んであげます」

「エリカさん、すてきなお話じゃないの」

と、涼子はすっかり乗り気で、

「社長夫人なんて！　うちも一応社長夫人だけど、会社の規模が全然違うわ」

クロロックは聞こえないふりをして、

「何といっても、エリカはまだ大学生でしてな」

「学生結婚なんて、珍しくないわ、あなた」

「いや、それはそうだが――」

「智春は二十七ですから。今すぐ結婚しても子供が生まれるのは二十八。その子を次期社長に育てるには、決して早すぎはしません」

「本当にそうですわ！」

母親同士で、式の日取りまで決めてしまいかねない勢いだった。

食後のコーヒーが運ばれて来て、幸い話は一時中断した。

ホテルの中のレストランの個室を借りてのお見合、後は「二人での散歩」というメニューだが……。

「失礼いたします」

と、レストランのマネージャーが顔を出し、

「国井様の会社の方が」

「まあ、誰かしら？」

智春がパッと立って、

「僕だと思うよ」

と、出て行った。

エリカは、コーヒーを一口飲むと、

「私も、ちょっと……」

と、席を立った。

化粧室へ行くふりをして、レストランの表を覗《のぞ》くと、国井智春が、ずいぶん昔風の事務服を着た若い娘と話している。

父親ほどではないにせよ、エリカも人間よりずっと聴覚が鋭い。特別近くへ行かなくても、二人の会話を聞き取れた。

「——心配するなよ」

と、智春が言った。

「でも、いい所のお嬢さんなんでしょう?」

と、智春を恨めしげに見上げて、

「社長さんは私のことなんか、許して下さらないわ。高卒の倉庫係なんて」

「僕を信じてくれよ」

「信じてるわ」

「じゃあいいじゃないか。義理での見合なんだ」

「でも、会ってみれば可愛い人の方がいいって思うかもしれないわ」

「君の方が、百倍も可愛いよ」

「本当?」

「本当だとも。女子大生なんて、ああして振袖なんか着て、おとなしそうにしてるけど、裏じゃ何してるか分からないよ。見るからに遊んで回ってるって感じの子だし」

ちょっと、ちょっと!　――いくら彼女のご機嫌取るためでも、それはないでしょ!

よっぽど出て行って文句を言ってやろうかと思ったエリカだったが、わざわざ恋人たちのケンカの素《もと》を作っても仕方ない。

それにしても、あの電話の女の件といい、あの智春って奴、結構女を泣かせているのかも……。

「さあ。もう戻らないと」

と、智春は言った。

「大体、こんな所へ来ちゃだめだよ。誰も知らないことになってるんだから」

「ごめんなさい」

と、娘はうなだれて、

「——私のこと、嫌いになった？」

「なってもいいのか？」

「だめ！　許さない！」

娘は智春に抱きついてキスしたのだった。

エリカは首を振って、

「好きにしろって」

と呟《つぶや》いた。

「——じゃ、社へ戻るわ」

「うん、今夜、電話するよ」

「絶対よ。——それじゃ」

と言って、娘が行きかける。

「あずさ」

と、智春が呼んで、娘が振り返った。

「なあに？」

「心配するなよ」

「うん！」

あずさと呼ばれた娘は、やっと安心したように微笑んで、手を振ると、ロビーを駆けて行った。

「――フン、だ」

エリカは、智春が戻ってくる前に、素早く個室へ戻って行った。

なかなか可愛い子である。――とはいえ、エリカより百倍も可愛いとは思えない（エリカ自身がそう思っているのだから、確かである）。

ただ、どことなく儚《はかな》げで、頼りない感じがするので、かばってやりたくなるのだろう。

「ああいうタイプは得ね」

などと、エリカはブツブツ言いながら、個室のドアを開けた。

「それじゃ――」

と、国井光香が言うと、涼子も声を揃えて、

「行ってらっしゃい！」

と、二人を送り出す。

かくて、タイタニックは出港した。氷山にぶつかって、沈む運命にあるとも知らずに。

――いや、出発したのはタイタニックではなく、エリカと国井智春だった。

「お見合コース」の仕上げとして、ホテルの広い日本庭園を二人で散歩するということになったのである。

「いいお天気ですね」

と、エリカは言った。

「ええ、まあ」

「どこへ行きます？」

二人は、植込みの間の道を辿って行った。

「――どことといって……。エリカさんは、どこか行きたい所でも？」

「そうですねえ……。ドライブでもして、郊外のモテルで休憩とか？」

「は？」

「あ、だめか。この振袖、一度脱いじゃったら、着られないわ」

「エ、エリカさん――」

「何ですか？　どうせ遊び回ってる顔なんでしょ、私？」

「え？」

「おとなしそうにしてるけど、裏じゃ何してるか分からないってね」

智春は赤くなって、

「いや、そんなことはありません！」

「あら、いいの？　あずさちゃんが怒っちゃうわよ」

「聞いてたんですね」

と、ハンカチを出して汗を拭《ふ》く。

「聞こえたの。──恋人がいるくせに、どうしてお見合なんて」

智春とエリカはベンチに腰をおろした。

「何しろお袋がね……。ああいう風で。おたくのお母さんは、ずいぶん若いね」

「後妻でね、私が邪魔なの」

「なるほど」

「でも、お父さんは惚《ほ》れてるから。──あの若い人、あずささんっていうのね」

「北川《きたがわ》あずさ。──うちの社のビルの地下に倉庫があってね。そこで働いてるんで、一日中、日の光に当たらないことも珍しくない。まるで吸血鬼ね、ってよく笑ってる」

エリカがふき出した。

「何かおかしい？」

「いえ、別に」

エリカは首を振って、長い袖を膝の上にたたみ、

「あなたに伝言があるの」

「伝言？」

「みすずさんから」

それを聞いて、智春は真っ青になった。

エリカは、智春の反応にびっくりした。智春は立ち上がって、

「君だったのか！」

と叫んだ。

「何をする気だ！　やめてくれ！」

「ちょっと——。落ちついて！　何だっていうの？」

「君が〈みすず〉なんだな！」

「なんですって？　私はエリカよ」

「そうじゃない。パソコン通信で付き合っていたときの名前だ」

「パソコン？　——じゃ、〈みすず〉って、本当の名前じゃないの？」

「君じゃないのなら、どうしてその名を知ってるんだ！」

「だから伝言だって言ったでしょ。ホテルのロビーにいるときにね……」

エリカは事情を説明した。

「嘘だと思うなら、ホテルのフロントの人に訊いてみてよ」

「――そうか」

智春は、大きく息をついた。

「何があったの？　あなたのこと、相当恨んでるわよ、あの人」

「何もない！　大体、僕は〈みすず〉の声も聞いたことがないんだ」

「じゃ、パソコンの画面だけのやりとり？」

智春は肯いて、

「少なくとも、お互いのことを正直に言っているとすれば、三十代の仕事を持った女性という感じだった。話も面白くて、色んな知識が豊富で、おしゃべりしてると楽しかった」

「それがどうして？」

「さっぱり分からない。――昨日、このお見合のことを彼女に話したんだ。そしたら突然、〈裏切った〉〈騙《だま》した〉と言われて」

「あなたに惚れてたんだわ」

「しかし、会ったこともないのに……」

と言ってから智春は、

「いや――そうじゃないかもしれない」

「というと？」

「〈みすず〉は、僕の本名を知ってた。どうしてか分からないが」

「じゃ、あなたの知ってる人かもしれないってわけね」

「うん。もちろん、ああいうときは、男が女のふりをして参加することもあるからね。本当の名前、年齢。知りようがない」

「女性だってことは確かよね」

「うん、しかし……このホテルで見合するってことは話してないんだ。どうして分かったんだろう？」

「やっぱり、あなたのかなり身近にいる人だわ」

と、エリカは言った。

「あの悪意は本物よ。用心した方がいいわ」

「用心といっても……。相手の顔も名前も分からないんじゃ、用心のしようがない」

と、智春はため息をついた。

すると——二人の腰かけたベンチの後ろで、

「痛い！」

という声がしたのだ。

エリカと智春は目を丸くした。

「——誰なんだ？　出て来い！」

と、智春が立ち上がって怒鳴った。

「やめて！　怒鳴らないでよ！」

という声がして、ベンチの後ろの植込みのかげから立ち上がったのは——。

「あずさ！　こんな所で何してるんだ？」

さっき、智春と会っていた北川あずさが、照れくさそうに、

「だって——心配だったの。二人で散歩している内に、『やっぱりこの子の方が可愛い』とか思って、気が変わるんじゃないかと思って」

「それで、隠れて話を聞いてたのか？　やれやれ」

智春はため息をついて、

「僕を信じてくれよ。僕が愛してるのは君一人なんだ」

「本当に？」

「本当さ」

二人は抱き合ってキスした。

そばで見ているエリカの方にはいい迷惑である。

「痛い！　お尻に触らないで。そこに隠れてて、ちょっと動いたら、枯枝の先で突つかれちゃって」

「――ちょっと失礼」

と、エリカは言った。

「今はラブシーンやってる場合じゃないでしょ。問題の〈みすず〉はどうするのよ」

「私、今初めて聞いたわ」

「当たり前さ。君に話すようなことじゃないと思ったからね」

「でも、もし本当にその人が――」

と、あずさが言いかけたとき、どこか遠くで、バン、と短い破裂音がした。

「――あずさ。どうした？」

智春が言った。

エリカは匂《にお》いをかぎ取った。血の匂いだ。

「あずささん！」

倒れてくるあずさを、エリカは抱き止めた。

「あずさ……」

あずさの背中に血が広がっていた。

「撃たれたんだわ！」

エリカは、思い切った声で、

「お父さん！」

と呼んだ。

「あずさ！　しっかりしろ！」

智春の腕の中で、あずさは返事をしなかった。すると、ガサッと茂みをかき分けて、

「どうした？」

と、クロロックが姿を現した。

「この子が撃たれたの！　早く手当てを」

「これはいかん。出血がひどいな」

「止められる？」

「やってみよう。体内の出血はどうしようもないが」

クロロックがエネルギーを集中すると、弾丸の当たった傷の所がジュッと音を立てて血が固まった。

「これで急いで病院へ運ぼう。弾丸を取り出さなくては」

「救急車を呼びます！」

と、智春が駆けて行く。

「――このホテルの裏が、S医大病院だわ」

「よし、運んで行こう。エリカ、先に行け」

「私、振袖よ」

「人の命がかかっとる」

「分かったわ」

エリカはぞうりを脱ぎ捨てると、長い袖をエイヤッと両方とも引きちぎり、着物の裾をまくった。

「行くわよ」

「うむ」

クロロックがあずさの体を両腕に抱き上げた。

エリカは駆け出した。──クロロックが後ろに続く。

何しろ吸血鬼の「足」を持つ二人、ほとんど人の目に止まらないほどのスピードで庭を突っ切ると、エリカが庭を囲む板塀を突き破る。

ホテルの外へ出た二人は、さらに病院へと突進して行った……。

犯人の影

「エリカさん……」

涼子《りようこ》は、エリカの姿を見て絶句した。

何しろ、ぞうりなしで白い足袋《たび》は黒く汚れ、両方の袖が引きちぎられて、しかも駆けている間に、帯も何もぐずぐずになってしまっていた。

加えて髪もほどけてバラバラ。

「あずささん、命は助かりそうよ」

と、エリカが言うと、国井智春《くにいともはる》は、

「良かった！」

と、息をついた。

「今、弾丸を取り出してるわ。幸い、小型の拳銃だったらしいから、そう深く体の中に入っていないんですって」

クロロックも肯《うなず》いて、

「生命力の強い子だ。大丈夫。乗り切るだろう」

「ありがとうございました！」

と、智春は頭を下げて、

「――それにしても、あんなに早くこの病院へ……」

「なに、たまたま近道を知っておったのでな」

救急車がホテルへやって来たときには、もう北川《きたがわ》あずさは手術室へ入るところだったのである。

「ちゃんと言って行ってよ」

と、涼子は渋い顔でクロロックをつつく。

「私はいいけど、他の人がびっくりするじゃない」

「すまんすまん。緊急の場合だ。仕方なかろう」

涼子も怒るわけにいかず、代わりに、といっても妙だが、智春の方へ、

「あなたも、好きな方がいらっしゃるのなら、お断りになればいいのよ」

「すみません」

「私も知ってはいたんです」

と、国井光香《みつか》が言って、息子をちょっとにらむと、

「でも、将来社長の座を継ぐ智春の嫁にふさわしくないと思って……」

「母さん。僕はあずさを見捨てるわけにいかない。社長は誰か他の人に任せてもいい」

「そこまで言ってないでしょ」

と、光香はため息をつく。

「――その前に」

と、エリカが言った。

「あずささんを撃った犯人を見付けないと。――もしかすると、〈みすず〉って女があなたを狙ったのかもしれないわ」

「〈みすず〉って誰なの?」

と光香がいぶかしげに訊《き》く。

「待って。今説明するよ」

と、智春が言いかけたとき、

「その説明、私にも聞かせて下さい」

と、一人の男がいつの間にか、エリカたちのそばに立っていた。

くたびれたコートをはおり、不精ひげがやや目立つ。疲れた顔、少し薄くなりかけた頭……。

「――どなたですか?」

と、智春が訊く。

　エリカは、その男を眺めて、

「まるで刑事さんみたい」

　それを聞いて、男はパッと顔を輝かせ、

「そう見えましたか！　――いや、良かった！　私は広田《ひろた》、M署の者です」

「やっぱり刑事さん。――あずささんが撃たれた件ですね」

「そうです。病院から通報がありましてね」

と、広田という刑事は言って、

「そうですか、刑事に見えましたか……」

と、満足そう。

「もしかして、わざとその格好を？」

と、エリカが訊くと、

「しわくちゃのコート、不精ひげ、洗いっ放しの髪……。こうでないと、なかなか刑事だと信じていただけないんでね」

　変な人だ、とエリカは思った。

「――一応、事件のいきさつから伺《うかが》わせて下さい」

と、広田は手帳を取り出したが、

「今は、〈みすず〉って人のことを聞いてるんです！」

と、光香にピシャリと言われ、

「分かりました。では、私の方は後で……」

広田は、怖い相手には素直に従うタイプらしい。家で奥さんが怖いのかもしれないわ、とエリカは思った(作者も多少そういうところがある……)。


「——あら、国井さん」

と、白衣をはおった女性が、廊下を通りかかって、国井光香に声をかけた。

「あ、安西《あんざい》先生」

光香はなぜか少しあわてたように、「先生、こちらでしたね、いつもは」

「ええ。——どうかなさったんですか?」

「息子のお付き合いしている女の子が銃で撃たれて、こちらへ……」

「あら、そうだったんですか。話は耳にしましたけど……」

光香は、智春やエリカたちに、

「こちらは——いつもクリニックで診《み》ていただいてる、安西先生」

「安西美奈《みな》です」

四十代の半ばくらいか、いかにも仕事のプロらしい、スッキリした印象の女医である。

「それで、撃たれた方は?」

「何とか助かりそうだと……」

「まあ良かった。──じゃ、これで。患者さんを待たせていますので」

と、安西美奈は行きかけて、振り返ると、

「国井さん、来週はちゃんといらして下さいね」

「はい、必ず」

智春がふしぎそうに、

「母さん。どこか悪いの？」

と訊く。

「違うわよ。念のために定期的に診ていただいてるの。──でも、つい忙しくて、サボっちゃうのよね。こんな所でお会いするなんて！」

と、光香は苦笑した。

「ところで──」

広田刑事が話を戻して、

「その〈みすず〉という女に心当たりはないんですね？」

「見当もつきません」

「しかしですね、あなたがお見合するというだけで、殺そうとするというのは……。よほどのことですよ」

「分かっています。しかし、本当に思い当たらないんです」

「そうですか」

と、広田は額《ひたい》にしわを寄せて、

「そうなると、なかなか難しいかもしれません」

「刑事さん」

と、エリカは言った。

「あずささんの体から弾丸を取り出せば、それで銃が分かるんでしょ？」

「登録してある銃ならね。しかし、殺人に使うというのは、まず密輸入されたものです」

「でも、入手ルートとか……」

「今は、繁華街ならどこででも、割合簡単に手に入るんですよ。拳銃を特定するのは難しいでしょう」

「物騒な世の中ね」

と、涼子が言って、夫の方へ、

「ね、あなた。虎《とら》ちゃんのことも心配だわ。失礼しましょう」

「ああ、そうだな」

「お世話になって」

——エリカたちが病院を出るのを、智春は送りに出てくれた。

病院の玄関で、智春は何度もお礼をくり返した。

「——あずささん、お大事に」

と、エリカは言って、

「お父さんたち、先に帰って。私、ホテルに寄って、ぞうりとちぎった袖を見付けて持って帰る」

「お願いよ。——どうしよう。あの振袖《ふりそで》、借りものなのに……」

涼子が嘆《なげ》くのを、クロロックは、

「人の命が救われたんだ。振袖も喜んどるさ」

と慰《なぐさ》めた。

「どうして分かるの？　振袖の気持ちなんて、誰にも分からないでしょ」

ブツブツ言いつつ、涼子はクロロックと共にタクシーへ乗り込んだ。

「——迷惑かけちゃったね」

と、智春が言った。

「いいえ。こういう人生の方が面白いわ」

そのとき、病院前の通りを、カメラを手に、肩から重そうなバッグをさげたジーパン姿の女性がゆっくりとやって来た。

智春が目を止めると、

「あれ？　――由子《よしこ》君！」

と呼び止めた。

「あ……。国井さん」

「どうしたんだい、こんな所で？」

「仕事よ。病院から、外観をいくつか撮ってくれって頼まれて。いい角度を探してるの」

「そうか。――あ、こちらは神代《かみしろ》エリカさん。今日、ちょっと――見合をしたんだけど……」

エリカは、ニッコリ笑って、

「智春さんとプロレスごっこしたら、こんなことになって」

「はあ……」

と、目を丸くしている。

「違うよ！　あの――うちでよく仕事を頼んでいる、カメラマンの森川《もりかわ》由子さん」

「どうも」

と、まだびっくりした表情で、

「写真、とらせていただいても？」

三十にはなっているようだが、いかにも体を動かして仕事をしている、という雰囲気のある、明るい女性だ。

「――それじゃ、智春さん」

エリカはわざと親しげに言って、ホテルの方へと歩いて行った。

しかし、少し離れると、物かげに隠れて、智春とあのカメラマンの様子をうかがった。

二人は、五、六分しゃべっていたが、智春の方が手を振って、病院の中へ戻って行く。

森川由子も、手を振り返し、そのまま立ち去るように見えたが――智春の姿が見えなくなると、様子をうかがいつつ、病院の玄関の所でしばらくためらい、それから中へ入って行った。

「怪《あや》しいわね……」

エリカはそう呟《つぶや》いて、

「――ま、見たところは私の方がよっぽど怪しいか」

と、ぞうりとちぎった袖を見付けるべく、ホテルの庭園へ、自分がさっき壊した板塀から入って行ったのだった。

秘めた想い

「——はい、もしもし」

向こうは戸惑《とまど》ったように、

「君……。あずさかい？」

「恋人の声も分からないの？」

「分かるとも！　だけど——もう電話に出られるなんて思わなかったから」

と、智春《ともはる》が言った。

「ベッドに寝たままよ。でも、いつでも出られるように、ベッドの上に電話を置いてあるの」

と、北川《きたがわ》あずさは言った。

「声が元気だよ。安心した」

「こんな立派な個室に入れてくれて、ありがとう」

「何を言ってるんだ。——今夜、仕事がすんだら寄るからね」

「待ってるわ」

あずさは電話に向かって、チュッと唇を鳴らした。

電話を切って、あずさは天井を見上げた。――すると、ドアをノックする音がして、

「どうぞ」

「――お邪魔します」

「エリカさん……。まあ、わざわざ」

「今、入っちゃお邪魔かと思って、待ってたの」

「そんなこと……」

と、あずさは照れて赤くなった。

「傷の方は？」

「治りが早いって。――お医者様がふしぎがってたわ。どうやって出血を止めたんだろうって」

「お役に立って」

と、エリカは椅子にかけた。

「私のこと、お父様が運んで下さったとか……。血を止めて下さったのも？」

「父は、多少人間離れしてるの」

と、エリカは言った。

「何てお礼を申し上げていいのか……」

「そんなことといいの。——犯人が捕まらなくて心配ね」

「痛かったわ、撃たれたときは。でも、もし本当に狙われたのが、智春さんだったのなら、私が代われて良かった」

「大したもんね、恋って。私なら、いくら恋人のためでもごめんだわ」

「それに、この事件で、智春さんのお母様——社長さんが、私との仲を認めて下さるようなの。少しぐらい痛くたって、我慢するわ！」

あずさの元気の良さに、エリカはつい笑ってしまった。

「でも——〈みすず〉っていう人のことが心配だわ」

と、あずさが表情を曇らせて、

「また、智春さんを狙って来たら……。エリカさん」

「なに？」

「お願いがあるんだけど」

「言ってみて」

「今度あの人が狙われたら、エリカさん、代わりに撃たれてくれない？」

「え？」

「お願い。一生恩に着るわ」

「ちょっと落ちついて！　あのね、今はそんなこと考えないで、早く治すのよ」

エリカにはとてもついて行けない。

そこへ花が届けられた。

「——誰からかしら？」

「カードの名前……。〈国井光香《くにいみつか》〉ってなってるわ」

「まあ、社長さんから？」

「花びんに入れましょうか」

エリカは花束を手に、

「待っててね」

と、病室を出た。

あずさは胸の熱くなるのを感じた。

これで、あの人と結婚できたら——もう死んでもいい！

「死んじゃいやだわ」

と、思い直し、

「やっぱり、二人で百歳まで長生きしなくっちゃ」

すると——ドアが細く開いて、誰かが封筒を投げ入れた。

ベッドの上にバサッと落ちた封筒に、あずさは、

「誰？」

と声をかけたが——もうドアは閉まっている。

ちょうど手の届く所だったので、あずさは封筒を手に取り、開けてみた。

中からバラバラと何枚かの写真が落ちてきた……。


「——いい花びんがあったわ」

エリカは花をいけた花びんを手に病室へ入って来たが——。

「あずささん？」

いない！　ベッドが空だ。

エリカは急いで花びんをテーブルに置くと廊下へ出て看護婦へ、

「あずささん、検査か何かでしょうか？」

と訊《き》いた。

「いいえ、違いますよ」

あの傷で——どこへ行ったのだろう？

エリカはベッドの下に何か落ちているのを見付けた。拾い上げてみると、写真だ。

「まさか……」

ベッドで絡《から》み合う男女の写真。——男の顔は、国井智春である。

これを見て……。

「大変だ！」

エリカは、病院から飛び出した。

「ワッ！」

「おっと！　エリカか。何しとる？」

ちょうど見舞いにやって来た、クロロックと危うくぶつかるところだったのだ。

「見て」

写真を見ると、クロロックは、

「あの子は？」

「いないの。急いで捜さないと！」

と、エリカが言ったとき、

「大変よ！」

と、看護婦が一人、叫びながら駆けて来た。

「どうした？」

と、クロロックが訊くと、

「屋上から——飛び下りようとしてるんです！」

クロロックとエリカは顔を見合わせ、

「あのけがで……」

「ともかく、助けなくてはな」

二人は、階段へと駆け出した。


あずさは、遥《はる》か足下の地面を見下ろした。

ここから飛べば、一瞬だわ。一瞬で、何もかもけりがついてしまう。

下では、気付いた人が騒ぎ始めている。

早くしよう。――その方が、智春のためでもある。

「アーメン」

と唱えてから、

「クリスチャンでもないのに、亡くなったおばあちゃんが嘆《なげ》くわ。――ナンマイダ」

と、両手を――合わせたかったが、片手で手すりにつかまっていないと、外側に立っているので落ちてしまう。

どうせ飛び下りるんだから、別に構わないようだが、やはり「落ちる」のでなく、自主的に「飛び下りる」ことが肝心だ。

「さあ、行こう……。あいたた……」

無理して起き出したので、背中の傷が開いたらしい。痛い。

「手当てしてからにしたら？」

と言われてびっくりする。

「――エリカさん！」

「大変ね、やっぱり。恋人なんて、つとまらないわ、私」

「お願い。止めないで」

「止めないわ」

エリカはアッサリと、

「大の大人が飛び下りると決心した以上、どうしたって止められないもの」

「そう……。そうよ。エリカさん、色々ありがとう」

「どういたしまして。――何なら、声をかけてあげましょうか？」

「声？」

「一、二の三、とか」

「あ……。そうね」

「何なら、宇宙ロケットの打ち上げみたいに、『十、九、八……』っていうのがいい？」

「何か、その方が……」

「じゃ、行くわよ。三、二、一――」

「待って！　三からじゃいくら何でも――心の準備が……」

「じゃ、百から？　百、九十九、九十八……」

「長すぎない？」

「難しいわね。じゃ、十秒前にしましょうか」

「ええ」

「十秒前。九秒前。八、七、六、五――」

と、エリカは言いながら、あの写真を手にして、

「よくできた写真ね。四、三。――合成してあるってこと、よく見ないと分からないわ。二、一――」

「待って！　エリカさん、今何て？」

「二、一って」

「その前よ」

「二の前は三ね。その前は四」

「そうじゃなくて！　その写真が――合成？」

「そうよ。このベッドシーン。どこかの映画のワンカットだわ。そこに智春さんの顔をはめ込んだのよ」

「そんな……」

「よく見て。――この腕の逞《たくま》しさ。智春さんがこんな腕してると思う？」

「分かんないわ……」

「とぼけて！　もう智春さんとベッドインしてるんでしょ！」

「だって──暗いもの、いつも」

と言って赤くなる。

「全くもう！　世話が焼ける人ね。──さあ、こっちへ」

「私……恥ずかしい」

「落ちて死んだら、もっと恥ずかしいわ。こんな写真に騙《だま》されて、恋人を信じなかったって言われるわよ」

「いじめないでよ……」

「さあ」

エリカが手を伸ばす。あずさは手すり越しに手をさし出したが、

「痛い！」

背中の傷が痛んで、思わず手すりをつかんだ手を離してしまった。

「あ……」

バランスを失って、あずさは後ろへと倒れた。

地上へ真っ逆さま。──と思うと、

「全く、手間のかかる娘だ」

真下の窓から身をのり出して待ち構えていたクロロックが、あずさを抱えて、屋上へと上って来た。

「——大丈夫？　立てる？」

「腰が……抜けて……」

ヘナヘナと座り込むあずさを、クロロックはもう一度抱え上げた。


病室へと運んで来ると、医者や看護婦が待っていた。

「すぐ手当てしないと」

ベッドに寝かされ、あずさは息をついた。

「——無事で何よりだ」

と、現れたのは、あの「いかにも刑事」の、広田《ひろた》である。

「刑事さん。この写真が——」

「見ていたよ、投げ込むのを」

広田が腕をつかんで引っ張って来たのは、カメラマンの森川由子《もりかわよしこ》だった。

「由子さん……」

あずさも彼女を知っていたので、ショックだったようだ。

「ごめんなさい」

由子はこわばった顔で、

「あの人が好きだった。――あなたさえいなければ、と思って、そんな写真を作ってしまったの」

「一緒に来てもらうぞ」

広田は、由子を連れて出て行った。

「あの人が――〈みすず〉？」

と、あずさは言って、背中の傷を消毒され、

「キャーッ！」

と、悲鳴を上げた。

秘密

「智春《ともはる》さん。——お見合が台なしになって、悪かったわね。一つ、教えてあげることがあるわ」

指は軽やかにキーを叩いていた。

「あなたのお母さんのことよ。お母さんは病気。それも、重い病気で、助からない。本人も承知よ。あと、せいぜい半年の命でしょう……」

背後で、

「そうだったのか」

と、声がして、安西《あんざい》美奈《みな》はびっくりして振り向いた。

「あなたは……」

「フォン・クロロックと申す者」

と、パソコンの画面を覗《のぞ》いて、

「母親から、色々息子の話を聞いておったのだな」

病院の中の一室。——薄暗い中、白衣の女医はホッとしたように、

「分かって、却《かえ》って安心しました」

と言った。

「息子のことを見たのは？」

「光香《みつか》さんのバッグから手帳が落ちたことがあって、そのとき、彼のアドレスを見たんです。面白半分、やっている内に……」

「本気で恋してしまった」

「会社の帰り。あの子とのデート。ずっと後を尾《つ》けて、見ていました。——あの気立てのいい子を選んだのなら、それでいいと思っていました。辛《つら》かったけど」

と、美奈は言った。

「しかし、彼は見合をすると言った」

「光香さんから聞いていましたが、きっぱり断ると思ってました。でも、アッサリと、『お見合』だと言われて……」

「裏切られた、と？」

「どこの誰とも知れない女と結婚するというのなら、私だっていいじゃないの、と思ってしまったんです」

美奈は笑って、

「もう四十八なのに、私」

「恋に年齢はない」

「でも、やはり無理。――去年、暴力団の組員がけがをしてかつぎ込まれて来たとき、隠し持っていた拳銃が落ちたのを拾ったんです。何となく、そのまま持っていて……」

「この病院で、あんたと会ったとき、いやに強い香水の匂《にお》いがした。硝煙《しょうえん》の匂いを消すためだったのだな」

と、クロロックは言った。

「ふしぎな方ですね。――あの人に、真実を話してあげて下さい」

美奈は引き出しを開け、拳銃を取り出した。

「止めないでください」

「止めんよ」

と、クロロックは肯《うなず》いて、

「しかし、拳銃の方がいやがるかもしれん」

「拳銃の方が？」

美奈の手にした拳銃の銃身が、グニャリと曲がってしまった。

美奈が拳銃を取り落とした。

「拳銃の方にも、選ぶ権利があるのだ」

「クロロックさん……」

「死んではいかん。あの子も許してくれよう。人間、時には人の助けに甘えることも必要だ」

美奈は、ゆっくりと首を振り、

「ふしぎな方ね」

と言って、小さく笑った。


「黙ってるなんて、ひどいじゃないか」

と、智春は言った。

「ごめんよ」

光香は息子の手を取って、

「話そうと思っていたけど、話せば急に弱気になりそうでね」

「何とかならないの？」

「色々当たってみたけどね……」

「そんなんじゃだめです！」

と、ベッドであずさが言った。

あずさの病室へ、光香が見舞いに来ていたのである。

「あずささん。――この子をお願いね。大変でしょうけど」

と、光香は言った。

「諦《あきら》めるなんて、社長さんらしくない！　智春さん、世界中の医者に当たって、治してあげて」

「あずささん――」

「私、意地悪な姑《しゅうとめ》にいじめられて、『負けるもんか！』ってやり返すっていう嫁がやりたいんです！　元気でいて下さらなきゃ」

光香はふき出して、

「面白い子ね、あなたって」

「母さん」

智春は母親の肩を抱いて、

「東洋医学とか、色々やり方はあるよ。ともかく元気をつけて、頑張って」

「そうね。――やってみようか」

と、光香は微笑んで、

「孫の顔も見たいしね」

と付け加えた。

ドアを開けて、エリカとクロロックが入って来る。

「エリカさん！」

と、あずさが手を振った。

「もう飛び下りようなんてしないでね」

「言わないで。——また傷口を消毒されたら、死んじゃう！」

「しかし……」

と、智春がため息をつくと、

「由子《よしこ》君が僕のことを……」

「安西先生もよ。——智春。あなたも少し考えが足りなかったのかもしれないわね」

「うん……。力になれることはやるつもりだよ」

「あなたがすてき過ぎるせいなのよ」

と、あずさが智春の手を握る。

「そういうことは、お見舞いの客が帰ってからやってよ」

と、エリカは言ってやった。

——智春だけを残して、エリカ、クロロックと光香の三人は病室を出た。

そこへやって来たのは広田《ひろた》刑事だった。しかし……。

「刑事さん——」

「あの女医ですが……」

「死んだか」

と、クロロックが言うと、広田は肯いて、

「隠し持ってた薬をのんで……。止める間もありませんでした」

「そうか……」

「二人には黙っていて下さい。後で私から話します」

と、光香が言った。

「刑事さん、その格好……」

「どうだい？　君のお父さんを見て、うん、これだ、と思ったんだけどね。マントがなかなか手に入らなくて……」

広田は、クロロックとそっくりのいでたちで、マントを着ていたのだ。

「自分じゃなかなかいいと思ってるんだがね」

「まあ……悪くないですよ」

「そうか？　当分、これで行こう！　では失礼！」

広田はわざとマントを大きく翻《ひるがえ》し、立ち去って行った。

「——吸血鬼に襲われるかもしれんな。一族の恥だと言われて」

と、クロロックは言った……。

解説

岩《いわ》井《い》志《し》麻《ま》子《こ》

文庫の解説を書かせてもらうとなれば、その作家先生の作品を読んでいるのは当然のことだけれど。依頼してくる編集部側は、新人のデビュー作は別にして、「その先生の他の作品もたくさん読んでいそうな人」を解説者に選ぶのではないか。

そりゃあ、私は赤川次郎《あかがわじろう》先生の解説となれば必ず選ばれるべき人だろう。この人気シリーズの最初の作品である『吸血鬼はお年ごろ』なんか、発売日に新刊で読んでいる。

吸血鬼シリーズが始まった頃、赤川先生が他の人気作も怒濤《どとう》のペースとエネルギーで書かれていた伝説の少女小説誌『小説ジュニア』には赤川先生が選考委員を務める短編小説新人賞なるものがあり、私は赤川先生に選んでいただいているのだ。

パーティー会場でだって、優しくお声をかけていただいているのだ。

……と、しょっぱなから鼻息荒く「赤川次郎先生と私」といった自慢とも威嚇《いかく》ともマウンティングともつかないことをしてしまったが。

いや、私ほどのドヤ顔はしなくても他の解説者も、みなさん赤川次郎先生にからめて自分語りをなさってますがな。

いつから赤川作品を読み始めたか、そのとき自分は何をしていたか。親も読んでいたとか、好きな子が読んでいた、とか。

いやしかし、これこそが赤川作品の解説の王道だと思う。だってこんな長期に渡って人気作家で、みんなが読んでた赤川作品だ。赤川作品そのものの思い出もだが、それにまつわる逸話、この頃の自分物語というのを必ずみんな持っているのだ。

新刊ではなく一昔前、かなり前の赤川作品を読めばたちまち、その当時の自分が鮮やかによみがえってくる。赤川作品の醍醐味《だいごみ》はときのベストセラーよりも、ロングセラーの方が上回ると私は強く感じる。

他の解説者のそれらを読みながら、本編に迫るくらいの勢いで感動してしまった。会ったことのない方々と時空を超え、赤川作品を媒介《ばいかい》としてつながれた。私がエリカと同い年だった頃、あなたはこうだったのねぇ、あなたは生まれてなかったのね、と。

いや、考えてみれば本当にこのシリーズ最初の『吸血鬼はお年ごろ』をリアルタイムで読んでいたとき、なんと私は十七歳、高校生だった。

エリカは本来、吸血鬼の血を引くのでお父さんほどでなくても不老不死なのだが、作品の中では女子大生に成長している。それがなんというか、エリカが私よりお姉さんになっちゃった、という切なさにも似た気持ちにさせられる。

いや、あんたもう五十も半ばじゃないよ、娘と息子だってエリカよりはるかに年上じゃないよ、何その図々しい設定、というツッコミはしかし、意外と少ないはずだ。最近になって赤川作品を読み始めた若い人達はさておき、私ら八十年代からの愛読者は、エリカとクロロック氏にふれるとたちまち灰になるのではなく、たちまち十代～二十代に戻ってしまうのだ。

何歳になっても、エリカは大好きなクラスメート、ちょっと憧《あこが》れのお姉さん、可愛い妹みたいなもの。エリカの時を超えた純粋さや可憐《かれん》さ、それでいてちょっと寂《さび》しげなところなどが、その作用を生むのもあるが。

クロロック氏がいつまでも、理想のパパだからなのね。永遠の時を生きるという設定を差し引けば、たぶん私はクロロック氏より年上だ。それでもクロロック氏のあふれる父性愛と、絶対に守ってくれる保護者たる存在感、ああ、パパ大好きとなってしまう。

しかしご存じのように、このシリーズは主人公が吸血鬼親子というのもあり、けっこうホラーな話や血なまぐさい場面も出てくる。その部分こそが物語の核になっていて、この世も自分も青春時代も、甘酸っぱいばかりじゃなかったなと突きつけられる。

『吸血鬼、青空市場《フリーマーケット》を行く』なんか読むと、これをいっちゃあおしまい感も漂うが、吸血鬼やゾンビや悪魔より、生きた人間の方が怖いわというのを嚙みしめる。

そして多くのファンがいる人気アイドルも、興味ない人からはただの女の子でしかなく、利用する側からは単なる手持ちの駒でしかなくなるのも見せつけられる。ただのゴミが宝物になったり、宝物がただのゴミでしかなくなる市場もさらけ出される。

「死ぬ日が来るからこそ、生きることを大切にするのではないか」

というクロロック氏の言葉は、不老不死の身から出ているから箴言《しんげん》でありつつ、彼をただ優しい愛すべきお父さんではない、深い哀しみのある存在にしてしまう。

ふと思う。青空市場に何でも売っているなら、私は何が欲しい。億万長者の生活などしてないが、なくて困っている、ないから不自由しているものはない。

ならば、可愛い食器だの素敵と思える服だの、なくてもいいけどあったらいいな、というものだから、一種の贅沢品《ぜいたくひん》になるだろう。本当に衣食住に困窮《こんきゅう》していたら、愛や美貌や若さなど売っていても要《い》らない。ましてや永遠の命など。

『吸血鬼の一日警察署長』は、これはもう、悪い奴が清々《すがすが》しいほど悪くて、善良ながんばり屋が童話のように善良でがんばってて、これはネタバレとはならないとは思うが、あ〜よかった、とカタルシスを味わえる。

結末がわかってしまっても、何度でも読み返したくなる。そして「世の中、捨てたもんじゃない」「因果応報って本当ね。私も正直に生きよう」と、クロロック氏に説教されなくても素直に頭を下げたくなる。

そして、男にだまされたと職場に乗り込んでいって散弾銃をぶっ放す、威勢のいいお嬢さん。相手を殺して一瞬はスッとしても、大きな犠牲を払うことになる。それをしてもかまわない値打ちが相手の男にあるのかと、クロロック氏に言葉をかけられるのだが。いやほんと、憎い奴を自分のすべてを犠牲にしても葬り去りたいという暗い情熱よりも、それほどのもんか、あいつが。と下に見た方が大人の解決に持っていけることを、自分も大人になればわかっていくものだ。

と、収録作の二作品は私にとってクロロック氏の大人ぶり、お父さんの威厳というものが強く心に残るものだったけれど。表題作の『吸血鬼はお見合日和《みあいびより》』は、エリカ及び女達の悲哀が迫って来た。

最初から女を弄《もてあそ》ぶなんて気持ちがなくても女達を狂わせ、いや、女達も勝手に独り相撲に近いことをやっておかしくなっていく。愛や恋や好意は、すばらしいもの尊いものだが、たやすく執着や執念、憎しみや悪意に裏返ったり変化したりするのだ。

ちょっと俯瞰《ふかん》してみると、エリカはやはり半分が吸血鬼の血を引くからか、妙に冷静で大人びて醒めているところもある。これは昔の若かりし頃の私には気づかなかった。

過去の赤川作品を読み返せば自分も吸血鬼のごとく不老不死になれたというかタイムスリップしたように、高校生だった頃の自分、ぎりぎり娘さんと呼ばれていた時代にそのまんま戻れるようだと、先に口走った気もするが。

いや、現実ではやっぱりきっちり歳を重ねている。エリカよりクロロック氏の気持ちがわかるようにもなっているし、若いときとは違う人物に感情移入している。

さて、最後にちょっと赤川先生に懺悔《ざんげ》をしなければならない。私が集英社文庫コバルトシリーズでデビューさせてもらい、赤川先生と同じコバルト文庫に収録されているのに売れ行きが途方もなく違っていた時代。（ま、今もだけど）

人気のあったテレビ番組で、今でいう天然キャラとして親しまれていたコメディアンの故・たこ八郎《はちろう》さん。彼に東大生の血を輸血して試験を受けさせるという、今なら絶対にＢＰＯからぶん殴られるどころか、そもそも放映に至らないようなことを本当にやった。

それを見ていた、私を含む「本が売れねーよ」とブーたれていた作家仲間達で、

「赤川次郎先生をさらって、血を抜こうよ」

「おう。みんなで分け合って、赤川先生の血を輸血してもらう。そしたらわしらも、大ベストセラー書けるんじゃないの」

と、かなり本気で赤川次郎拉致《らち》計画を立てたのだった。さすがに実行できなかったが、解説を書かせていただくにあたって改めてこの本を読み返し、

「実行して捕まったら、あのテレビ番組にヒントを得たのではなく、赤川先生の吸血鬼シリーズに影響を受けました、といい張ろう」

とも誓い合ったなぁ、というのも思い出した。甘酸っぱい記憶だけでなく、こういう

バカな恥ずかしい過去も浮かびあがってくる赤川作品。赤川先生のせいではないけれど。でも、バカだった（あ、これも今もか）若かりし頃の自分も可愛い。こう思わせてくれる優しさに浸《ひた》りたければ、赤川先生の本を開けばいい。しょーがないわねと苦笑しつつ同い年の友達になってくれるエリカと、ちゃんと説教してくれるパパ代わりがいるから。

（いわい・しまこ／小説家）

イラストレーション／ホラグチカヨ
目次デザイン／川谷デザイン

この作品は二〇〇一年七月、集英社コバルト文庫より刊行されました。

集英社文庫

吸血鬼《きゅうけつき》はお見合日和《みあいびより》

2018年6月30日　第1刷　　定価はカバーに表示してあります。

著　者　赤川次郎《あかがわじろう》
発行者　村田登志江
発行所　株式会社　集英社
東京都千代田区一ツ橋2-5-10　〒101-8050
電話　【編集部】03-3230-6095
【読者係】03-3230-6080
【販売部】03-3230-6393（書店専用）
印　刷　大日本印刷株式会社
製　本　大日本印刷株式会社

フォーマットデザイン　アリヤマデザインストア　　マークデザイン　居山浩二

ISBN978-4-08-745762-9 C0193